丸戸史明＝著
深崎暮人＝插畫

不起眼
女主角培育法12

Saenai heroine no sodate-kata. 12

Presented by Fumiaki Maruto
Illustration : Kurehito Misaki

加藤
惠
Megumi Kato

丸戸史明

插畫／深崎暮人

Kadokawa Fantastic Novels

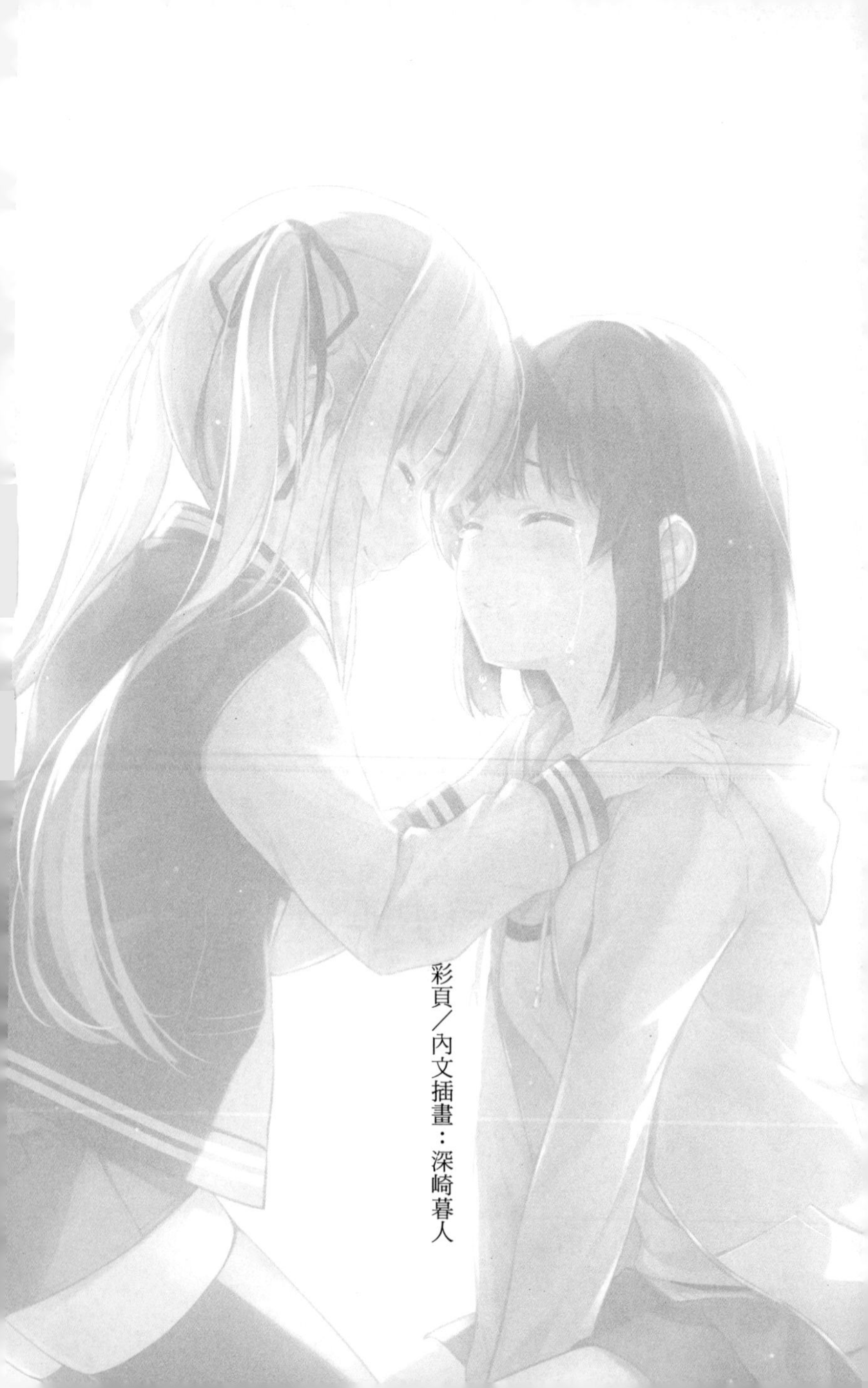

彩頁／內文插畫：深崎暮人

\新生/
blessing software
成員名冊

▼ 製作人

▼ 企劃、副總監、第一女主角

▼ 企劃、總監、劇本

▼ 音樂

▼ 原畫、CG上色

序章

「…………」

鈴聲第一響。

九月下旬（第十一集剛結束）……白天照耀的陽光要用暖洋洋來形容會嫌強烈了些……

『倫也？你現在在哪裡？』

「啊，我……我剛出家門。」

我一面從家附近通稱「偵探坡」的陡坡快步走下，一面打電話。沒想到只響了短短一聲，傳進耳裡的答話聲除了一如往常的淡定，感覺還夾雜著些許雀躍的調調。

『那你應該可以趕上一點鐘嘍。其實我已經先來池袋了，目前在百貨公司閒晃。』

「是、是喔……」

呃，唯獨這一次，我往自己臉上貼金的主觀看法似乎真有那麼一絲絲準確。

正因如此，「她」才會早了三十分鐘……不，大概比約好碰面的時間提前更多，就先抵達約定地點，早早去除了遲到的風險。

……這種開頭方式甚有將不記得第十一集內容的諸兄拋在腦後之感，小弟很是抱歉，不過目前在電話另一端與我即時通話的人，是加藤惠。

由於現下的狀況為SOUND ONLY，請容我省略對外表的描述，但對方和我一樣就讀於豐之崎學園三年級，是與我同屬遊戲製作社團「blessing software」的成員。

而且，她更是我——安藝倫也（來歷簡介幾乎跟女方相同），在三十分鐘後、那個，約、約、約……御宅族面對異性特有的鬼祟言行就省略掉吧，她是跟我說好要約會的女孩子。

啊，順帶一提，對於記得第十一集內容，還對終章的鋪陳做了各種考察，最後期待……不，就擔心這位加藤惠會發生衝擊性事故，然後會有警方無線電呼叫：「呃～被害者姓名，加藤惠。加減的加、藤蔓的藤、惠方卷的惠……」搭配快節奏主題曲（Oumpling Oearts）一同播出的讀者們，很抱歉造成各位無謂的擔憂。請放心，人還活著，沒有昏迷不醒。（註：影射戀愛遊戲《你所期望的永遠》中，女主角遭遇車禍的劇情演出）

「那、那個，我跟妳說喔……」

『嗯～？』

「我現在確實是要出門……不過抱歉，其實我沒辦法去了。」

『咦……？』

「對不起，惠……我現在有非去不可的地方。」

……唉，話雖如此，要談到現在的事態是否一點也不嚴重，那就另當別論了。

『…………』

「呃，那個，妳聽見了嗎～？惠～？」

『…………』

「妳有聽見吧～？我說的話妳有聽懂吧～」

『…………』

「還有，那個～要是妳願意諒解我，就太令人慶幸了，妳覺得呢～？」

『呃～呃～……我實在不能像以前一樣，說聲：「嗯～我明白了，不然改下次嘍～」然後隨便逛逛街就回家耶……』

「說得也對，就是說嘛～～！我真的覺得萬分抱歉！」

以女生而言，那是理所當然的反應……應該說，她講得非常委婉了，即使如此，我仍感受到心臟像被冰刀捅入般的冷冽劇痛。

『怎麼了？有什麼狀況嗎，倫也？是無論如何都不能推掉的急事？』

「啊、呃～感覺上，好像滿符合妳講的那個範疇……」

『是你的家人出了事情嗎？』

「不是我的家人，對方絲毫、完全跟我沒有任何一點血緣關係啦，唉！」

『但你的意思就是有人出事了，對不對？是我也認識的人嗎？跟學校或社團有關的人？』

「呃，這個嘛～妳跟對方既沒有多熟，也不曾見過面……」

『是喔……這樣啊。』

儘管惠在電話另一端講話的聲音，仍有明顯的失落之色。

不過，聽到我說明「對惠而言是不曾見過面的人」後，她顯露出一絲寬慰。

「嗯，總之今天晚上我再打電話告訴妳詳情。我會確實地跟妳報告、聯絡、商量。」

『唔、唔嗯……』

……縱然如此，並不代表事態對我來說是無足輕重。

而我其實無法全盤否認，視情況發展，當這件事像畢達哥拉斯○知識開關那樣繞一大圈以後，也會對惠造成滿可觀的影響。

「所以說，對不起喔，惠……」

『嗯～既然是因為那樣，那也沒辦法嘛。』

「就算這樣……呃，沒辦法陪妳慶祝生日，我……」

所以，目前我只能道出自己由衷有把握的心意。

道出「抱歉」的心意，還有夾雜了「遺憾」之意的「I am sorry」。

『……嗯，那是不要緊啦。』

「惠……」

『畢竟，你想嘛，某種意義上，我算是稍微安心了。原本想好要用來對各方面講的藉口，似乎也不需要了。』

「……惠小姐？」

『那今天晚上就等你打電話吐露心事、訴苦或發牢騷嘍。』

「啊，不是啦，呃……嗳……」

就這樣，惠在最後一刻留下了讓人想反問「等一下，妳那是什麼意思……」的微妙說詞，就立刻切斷通話了。

之後，我在心安之餘，仍留有一絲不知道該說是失落還是困惑，而無以自處的情緒……

儘管如此，我還是把心思集中在目前得最優先考量的事情上，一口氣衝下坡道。

來到坡底的國道，搭上計程車，交代目的地與希望盡量開快點的意旨，鬆了一口氣以後，我急忙探看錢包，向司機先生確認車資要多少。

接著，在車子朝東駛去的期間，我這才表露出刻意不對惠顯露的焦急感，並擦掉額頭上的汗珠。

目前情況變成怎麼樣了……？

為什麼「她」會……

後來，車子明明開了三十分鐘之久……

我對於腦海裡浮現的問號、最糟糕的可能性，以及各種會引發的惡劣事態，卻絲毫無法推敲，車子就抵達目的地了。

在我眼前的……是氣派到幾乎會誤認為超高級飯店的建築物。

我急忙趕到建築物之中，匆匆環顧周圍，總算找到了身穿白色制服的女性，然後激動地問：

「不好意思！請問今天早上送來這裡的紅坂朱音小姐是在哪一間病房！」

第一章　GS2盛讚發售中！要讀喔！

「怎麼啦，少年？你為什麼會來這種地方？」

「我才想問咧！」

經過護理師向住院的本人稍作確認後，我被帶到病房來，裡頭的裝潢同樣豪華到幾乎會誤認為超高級飯店的客房……呃，我沒有住過超高級飯店，所以說不準就是了。

總之，對如此寬敞的個人病房感到膽怯的我還是踏了進去，躺在病床上的烏黑長髮女性就用了實在難以當成歡迎的招呼詞邀請我入內。

在年紀方面，以俗稱的「Around 30」來形容，似乎與她的外表及實際歲數最為貼切。

依各人看法不同，似乎會造成冷酷印象的杏眼，以及冷血印象的白瓷肌膚。

雖然病房前的名牌寫著「高坂茜」，但她廣為人知的名號卻是讀音與其完全相同的「紅坂朱音」。

同人社團「rouge en rouge」前代表，同時也是「紅朱企畫」股份有限公司的現任董事長。

業界資歷超過十年。早在同人時期就一直君臨於御宅界頂端，經手作品包含漫畫、動畫、電玩，幾乎涵蓋所有御宅界媒體，其淫威無論在銷售成績、評價或知名度都已經達到巔峰，通稱犯神○病的創作者。

內在與外在都堪比怪物的她，身穿睡衣躺在醫院床上，手臂還打著點滴的模樣，看了就覺得渾然不對勁。

因為在這裡的，可是「大名鼎鼎」的紅坂朱音啊。

謠傳曾經跟惡魔簽約攝魂，吸過吸血鬼的血得到永恆生命，還將天使打入凡間並代其登天的那個怪物。

……題外話，頭一個編出這套詞的人很有才，但簡直失禮透頂。

「大約一個小時前，馬爾茲那裡有個叫前川的人打電話給我。」

「……那個臭總監不只無能，連存在本身都意味不明。我早該在半年前就把他解決掉。」

「不要在非相關人士面前講那些啦。」

是的，大約一小時前……

九月二十三日，時刻差不多十二點多。

當時我正想著差不多該出發去池袋而心神不定，手機就突然接到了陌生號碼的來電，與我通話的聲音是個似乎相當慌張的中年男子。

對方表示自己是馬爾茲的員工，剛才正在跟自己討論事情的紅坂女士身體狀況突然有異，所以目前已經搭上救護車，送往醫院。接著說「紅坂女士親自指名」要找我，因此對方希望我能立刻趕到那間醫院，單方面轉達完這些莫名其妙的話以後，又過了十分鐘，那傢……那位先生就連紅坂朱音送達的醫院名稱都親切地告訴我了。

「所以呢，最先聯絡的怎麼會是你？就算我幾乎已經與全世界為敵，但我不認為自己有那麼缺乏能依靠的對象。」

「我也問了一模一樣的問題……」

結果，馬爾茲的前川先生似乎是將紅坂朱音胡言亂語似的嘀咕內容，逐字聽進了耳裡。

據他所說，紅坂朱音是嘀咕著：「不，重要的是，得先確認安藝倫也有沒有將劇本確實完成才行。」……而且還重複又重複地講了好幾次……

「……誰說了那種話？」

「呃，就是妳啊，紅坂小姐。」

「你信了那種蠢話？你是傻瓜嗎？」

「離譜過頭就只好信了啊！」

據說，紅坂朱音就像那樣一面嘀嘀咕咕，一面在意識恍惚之間，用發抖的手從手機通訊錄找出我的名字，按下通話鈕之後就昏迷了。

「…………我完全沒有印象。」

「我也完全無法想像！也不明白自己怎麼會被關注到這種地步！」

要說的話，差不多一星期[第十一集第六章]之前，我確實有找她討論過劇本的事。

但是，呃、就算這樣，我也不覺得那次討論給人的印象有深刻到讓她在失去意識之際，還像跑馬燈一樣在腦海復甦。

「唉，算了。那我順便做個確認。怎麼樣？之後你寫劇本的進展如何？」

「不對，與其確認我的狀況，妳應該先為自己的身體著想……」

該怎麼說呢，瞬間全身沒力的我從距離病床有段距離的桌子旁搬來椅子（而且這不是鐵椅之類的貨色，看起來就很貴……），在床邊坐下來了。

「所以紅坂小姐，妳是怎麼了？」

「誰曉得。」

「嗳，那妳……」

「我一回神就躺在床上了，要問就去問護士。」

「……」

那個叫前川的人把紅坂小姐送來以後，說要先回公司一趟，所以目前在這間醫院裡已經沒有直接認得她的人……呃，除了我以外。

「話說，我是在馬爾茲那些人面前昏倒的嗎？糟透了。」

「…………………」

不，我覺得剛要出門約會（放膽直說了！）就被攔住的自己才慘……唉，既然是認識的人生病也沒辦法，雖然不曉得生什麼病。

「算了，遲早會有其他相關人員過來吧。你可以回去嘍。」

「啊～不了，我還是陪到有人來為止。」

拋下病人不管，就這樣回去我也會於心難安。雖然不曉得生什麼病。

「這樣行嗎？看你好像心神不寧的樣子，難道有約會？」

「呃，對啦……」

「……你說什麼？我原本只是說說客套話，居然矇中了嗎？明明就是個臭阿宅，你很有一套嘛，少年。你剛才跟除了你以外的所有臭阿宅為敵了喔。」

「麻煩妳要客套就客套到最後啦……」

實際上，既然她的毒舌能發揮得這麼溜，感覺是不用擔心。倒不如說，我連擔心的意願都沒有了。

坦白說，起初在電話中聽到她的狀況時，簡直恐怖到令人背脊發寒，而且古怪。

畢竟她在自己意識恍惚時，最關心的卻是我寫的劇本，根本莫名奇妙到極點。

「所以呢，劇本寫得順利嗎？」

「嗳，我說妳啊……」

換言之，她在深層心理中最牽掛的就是這檔事（我寫的劇本），千真萬確……？

「結果你採用了哪一種方針？貫徹以往的路線？還是拓展新視野？」

「不是，我講過好幾次了，妳現在應該先保重身……」

為了規勸撐起身體發問的紅坂小姐，我從椅子上站起身，將手放到對方肩膀，想讓她躺回床上……

「嗳，紅坂朱音！聽說妳病倒了是怎麼回……………倫也？」

「……唔。」

……就在此刻，感覺每天都會聽見而令人熟悉的窩囊嗓……不對，高八度嗓音響遍病房內。

「咦？呃……咦？」

「啊～那個……嗨，英梨梨。」

「搞什麼，居然連柏木老師都聯絡了啊……這下傷腦筋了。」

沒錯，提起窩囊就會想到……這種代名的修辭表現先暫擱一邊，出現在紅坂朱音病房的第二名探病訪客，對我而言同樣是個熟人。

從似曾相識（第三集第四章）的喬裝用吊帶褲來看，看得出她大概是急急忙忙出門趕來的。從綁好的金髮雙馬尾，則看得出她在車上應該只有整理頭髮。

雖然光用「金髮雙馬尾」這個詞就等於做完人物介紹了，但姑且介紹到最後吧，她是澤村．史賓瑟．英梨梨。

從小學跟我認識到現在的青梅竹馬，彼此之間的孽緣（名符其實）長達十年。

之前曾在我的「blessing software」擔任原畫家，一起追逐夢想……應該說，被我單方面地把夢想加諸於其身，目前仍在豐之崎學園跟我同班且座位相鄰。

而如今，她是在紅坂朱音身邊，從事商業RPG大作的角色設計工作，想必再過不久就會成為日本人之夢的體現者，名氣扶搖直升的年輕創作者——柏木英理。

「咦……咦……咦咦咦咦咦～！等、等、等一下！倫也，你怎麼會來紅坂朱音這邊……年齡差距要當成老少配還不夠，說是正太配大姊姊又熟過頭，這種情境到底要怎麼形容啊啊啊～！」

「不必做任何形容啦！還有這裡是病房，妳別大聲嚷嚷！」

……在御宅界屬於菁英中的菁英卻窩囊成性。

窩囊到令人傻眼。

「再、再、再說，你跟紅坂朱音不是只在之前的集宿時見過一次面……」

「呃，差不多就像妳說的那樣……」

「沒錯，差不多就是那樣。我們頂多一起到海邊兜風，在電話裡討論自慰到天亮吧。」

「紅坂小姐，妳……！」

「海、海邊？還、還有自、自自自自什麼……？」

「……啊～呃～怎麼說好呢……剛才那些話是她身為創作者的比喻，最好經過多方補充再進行解讀。」

順帶一提，還請讀者諸兄在「海邊」標上「Big Sight」，「自慰」標上「劇本」的旁注來閱讀。

「你們兩個怎麼會在不知不覺中搭上線啦！你們不是等級一的勇者和最終魔王嗎？為了救出被囚的公主，你不是正在努力練功嗎！」

「呃，妳想，最近的ＲＰＧ也常有最終魔王在開頭就出現的必敗劇情戰啊，不是嗎？」

「說得也對，定位類似於公主的角色在開頭被捧得很高，其實卻只是砲灰，還被後來出現的真正女主角橫刀奪愛的劇情發展也不勝枚舉喔。」

「炮、炮炮炮灰、炮灰灰灰灰……」

「紅坂小姐，妳應該從平時就會拿英梨梨當消遣吧，對吧？」

要不然，她們無法營造出這種絕妙的冤家調調。

是的，這種互動關係有相當強的既視感。

簡直是金髮雙馬尾和黑長髮的創作者在抬槓……

「澤村，妳還是一樣不檢點、不像話、毫無可取之處呢。」

「什、什、霞、霞、霞……！」

我才剛想到，她真正的搭檔就來了！

「霞之丘詩羽～～！」

對，沒有錯，就是那一位。

「澤村，別在病房大呼小叫的，躺在那張床上的好歹也是病患。唉，縱使她不是人。」

「嘖，不只柏木老師，連霞老師都聯絡了嗎……」

是的，來者為霞之丘詩羽，亦即霞詩子。

暖色系的大衣裡裹著輕柔圍巾，藏住了烏黑長髮。儘管她難得穿成一副暖和樣，從嘴裡吐出的字句卻依舊處於東京冰河期。

年紀比我大一歲的學姊，也是我所崇拜的小說家。

之前曾在我的「blessing software」擔任劇本寫手，一起追逐夢想……應該說，被我單方面地把夢想加諸於其身，目前已從豐之崎學園畢業，成為早應大學一年級生。

而如今，她是在紅坂朱音身邊以下略的年輕創作者。

「正確來說，是我接到聯絡，才將消息通知澤村的。我為探病做了些準備，看來遲了一點呢。」

詩羽學姊說著就拿了桌上的花瓶裝水，然後把帶來的花束插進去，擺在床邊裝飾。

「嗳，霞之丘詩羽！妳不要每次都只會自己在那邊用成熟的方式應對！」

「至少我就是比妳成熟一歲，這也沒辦法吧。」

儘管如此，裝飾在床邊的顯然是做法事用的菊花，很讓人在意就是了……

「不然妳能接受嗎？紅坂朱音跟倫也在私底下偷偷見面的事情。」

「呃，我說過，那只是找她討論一些劇本方面的問題罷了……」

然而，詩羽學姊貌似對英梨梨的挑釁和我的藉口都充耳不聞，仍照著本身的發言貫徹成熟風範。

她拿了自己與英梨梨要坐的兩張椅子過來，擺到床邊，先催促英梨梨坐下。等英梨梨不甘不願地坐下來後，自己才在最後緩緩就座，翹起被黑絲襪包裹著的美腿……

「…………我怎麼可能會接受嘛啊啊啊？」

「噫噫噫噫噫！」

接著，詩羽學姊開始拚命抖腳。

嗯，毫無成熟風範。

「我這陣子為了修改大量的劇本連出門都不能隨意（整整一集沒有戲份）……當我像這樣坐冷板凳時，居然有個年過三十的女人在跟小自己十歲的男生調情，這樣就算遭天譴也怨不得人嘛！」

「詩、詩、詩以誰蕾（詩羽學姊），這、這樣好弄苦（痛苦）！」

而且，她一面對病臥床上的人吐出發自內心的詛咒，還一面掐起其他探病訪客的頸項。

嗯，毫無任何一絲絲的成熟風範。

「啊、啊、啊、呃～……住、住手啦！不對，倫也……我說你喔，呃～……」

至於英梨梨似乎在猶豫要阻止已經失控的詩羽學姊，還是站到同一陣線向我問罪，正毫無意義地在我跟詩羽學姊身邊轉來轉去。

唉，雖然由我來說也怪怪的，但妳快點拿定主意啦。

「倫理同學，你說要跟我保持距離，卻跟這個老女人……你又不是不知道這個女人對我做過什麼！年紀大的女人真的超差勁，性格既固執又惡劣，還留長頭髮！」

「呃，詩、詩羽學姊，妳說的那些……」

我在絕命前想哀號：「全都可以套用在某人身上耶……」但就是因為性命垂危才喊不出聲音，正當意識快要被黑暗吞沒的瞬間……

「噯，茜！妳怎麼會病倒……啊。」

「噢，連阿苑都來了。」

「啊啊啊啊啊，町田小姐，救救我～！」

這次，總算有比較像救命女神的常識分子踏進病房……

「……好～大家先保持原位，眼睛看這邊～」

「別拍照啦啊啊啊啊～！」

「很好很好，拍得不錯……嘿！」

「等一下，妳剛才把照片上傳到哪裡了～！」

……我痛切體認到，自己實在放心得太早了。

※　※　※

「腦……腦梗塞？」

「是的，詳細病情似乎要檢查過後才曉得。」

醫院大廳附設的咖啡店。

我們四個探完病之後，在那裡圍著桌子，對這次的事情交換彼此不足的情報。

「聽馬爾茲的人說，她在開會時一面在白板畫插圖，一面講解時，筆突然脫手了，之後右手就舉不起來。」

「等等……那她其實病得很嚴重，不是嗎……？」

……應該說，大部分情報都是最後到場的這一位提供的。

年紀跟紅坂朱音差不多……事實上，她們是同年次（大學時的同學）。

中等身材裹著黑套裝，短髮也修得齊整，外表有如將「守規矩的大人」具現成型的這位女性（內在就……），是位編輯。

不死川書店Fantastic文庫副總編，兼霞詩子的責任編輯——町田苑子。

同時，她在不死川書店還有另一個身分——在馬爾茲╳紅坂朱音（&霞詩子&柏木英理）的大企畫《寰域編年紀XⅢ》改編輕小說、漫畫之際，負責主導所有跨媒體作品的責任編輯。

我只有在去年六月和町田小姐（在正篇第二集登場過）見過一次面，端正外表與俏皮內在給人的印象落差，隔了一年也依舊健在（在GS系列經常出現喔）。

……不過，以狀況來說，現在好像不是讓我用開朗語氣做人物介紹的時候。

畢竟，假如是操勞過度或貧血，或許還可以當成「看吧～就說要注意健康嘛」的笑柄，但坦白說，那個病名有點沉重。

「我還以為她是世界毀滅也能活下來的超人，沒想到這麼容易就垮了。」

「呃，那個人是妳目前的雇主耶，而且她還活得好好的喔。」

詩羽學姊嘴巴毒雖毒，心裡好像也深深地為紅坂小姐感到擔心（真的嗎？）。

「順帶一提，她住的病房光是床位自費差額，一天就要●萬圓以上喔。我小時候也在這裡住院過三天就是了……」

「還有妳不必告訴我們那種位於另一個層級的現實啦。」

英梨梨則談起自己的實際經驗，不只擔心其病情，還將心思放到紅坂小姐的經濟狀況上（是嗎？）。

「當時在場的人急著想叫救護車，茜本身卻說沒事，都不肯聽勸。」

「嗯，感覺她肯定會那樣說。」

「即使如此，大家還是打算將人強行送醫，結果她忽然提到了TAKI小弟的名字，所以周圍的人在聯絡我之前，似乎先聯絡你了。」

「……這樣啊。」

原本「紅坂朱音為什麼要找我？」的疑問一直揮之不去，不過聽到這裡，謎底就大致揭曉了。

……簡單來說，紅坂朱音提到我名字的這件事，其實「沒有多大的意義」。

當時，她的腦部血管堵住了。

表示思考無法正常運作。

因此，她才會碰巧在「無意間」想起一週前跟我對話的內容，變得只介意那件事吧。

「所以，紅坂朱音為什麼會提到倫也？」

「那個女人怎麼會記著倫理同學……」

「啊～」

……當我自顧自地釋懷後，這才想起事態完全沒有進展。

「…………就因為這樣，我想紅坂小姐大概是記憶混亂的關係，才會在當時脫口說出在腦海一角在意過的事情。」

就這樣，我把自己從她的病名所得到的想法，對那兩個人仔細地做了說明……

「可是……可是那就表示，紅坂朱音的腦海一角惦記著倫也吧！」

「假如已經刻劃到深層心理當中，事態就更加嚴重了呢……」

完全得不到她們的諒解。

「呃，妳們兩個與其介意那些，不如想想現在的狀況吧？妳們上司病倒了耶。或許妳們之間有許多恩怨，但她照顧過妳們喔。」

因此我決定不再跟她們辯駁實際的狀況，改成動之以情。

然而……

「無論誰橫死街頭都別管……紅坂朱音自己總是這麼說。」

「她還說過……就算自己死了，最起碼一定會保住作品，把東西完成給大家看。」

「所以相反地，即使我們灰心到橫死街頭，她也說自己只會旁觀……」

「太有覺悟了吧……」

她是哪來的退役軍人啊？俄羅斯嗎？

真不愧是全世界最不適合「講情面」的最終魔王（本公司調查）。

「不過，我想那大概……肯定有誇張的成分在裡面啦……即使如此，她為了灌輸那種觀念給我們兩個，每天掛在嘴上的就是那些話喔。」

「既然如此，我們只好順從那個人的思想……畢竟她是雇主。」

可是，她們倆卻說出如此冷漠的話……不過仔細一看，硬是在口頭與態度上表達紅坂朱音理念的兩人，眼中還是流露出憂慮，發自內心地擔心著本應強大的上司（這次似乎是真的了）。

「總之，你們三個今天就回去吧。之後我會陪她。」

「町田小姐……」

在這當中，最年長的大人看準對話停頓的時機，替這段對話做出總結。

「不要緊，無論你們和茜怎麼想，她都會受到業界保護。就算死了也會設法留下她的大腦延命，所以放心吧。」

為什麼這個業界都沒有人把她當人類看待啊……

「所以嘍，短期內就算我拋下工作過來照顧茜，不死川的高層也不會說什麼。」

不過呢，就算對業界體制熟之入骨，最不能接受這件事的，大概正是紅坂朱音的頭號理解者（詩羽學姊評）……

即使如此，她似乎還是打算認分地將自己目前的立場，盡可能地有效運用。

「不好意思喔，ＴＡＫＩ小弟。明明跟你沒有任何關係，還突然把你找來。」

「呃，那個……是的。」

換成平時，我就算說句「反正閒著沒事」之類的客套話也不奇怪，但今天實在不得不斗膽請相關人士都對此抱有罪惡感。

畢竟，今天顯然會有許多麻煩事，大概要等我回……應該說，肯定要等我回家才會開始。

「啊，還有這件事對各界的衝擊性太大，千萬不能外洩喔。」

「拜託讓我跟一個人講就好了，我什麼都肯做！」

第二章　喜歡十一集的讀者請先在此補給營養

「別這樣，別用完全無法認同的調調對我『呼嗯～～～』好嗎？」

『呼嗯～～～』

於是，日期仍未改變的星期六晚上八點。

我設法向町田小姐央求，以絕對不將內情擴散出去作為條件，設法獲准替今天的事做解釋。

我先做了彩排，確定自己能按部就班地說明後拿起智慧型手機，點下通訊錄的「加藤惠」。

如此用心促成的結果，就是前面那句絲毫沒有誠意的附和聲。

在通話口的另一端，她肯定正用那副輕蔑的眼神仰望著半空吧……（參照第十集第三十九頁）

嗯，今天別用Skype跟她見面好了。誰曉得迎接我的會是什麼表情。

『不過，既然發生那麼急迫的狀況，好像也只能認同爽約是情非得已嘍。不過，唔嗯～呃～……』

儘管惠不情願地這麼嘀咕，但從她「唔嗯～呃～」的語氣，感覺實在不像只能接受的「認同」……

「有認識的人病倒了，而且病情很嚴重。就算是不共戴天的敵人也要救啊。」

雖然世上似乎也有正因為是不共戴天的敵人才要救的文法存在。

『倫也～你真帥耶～』

「噯，不要用那種完全無法認同的調調說我帥啦。」

然而，對於曾表露出種種決心的人來說，那種要帥的美學當然不管用。唉，雖然我完全不清楚下定決心到哪種地步，也不確定有沒有下定決心就是了。

「再說，我在劇本方面也有得到不少建議，算是受到了滿多照顧……」

不過，惠對於「受到紅坂朱音照顧」這一點，似乎也有不少意見，實際上她就講過很多很多很多很多意見。

『好吧，跟你之前丟下我（第二集第五章）不管時的藉口比起來有像樣一點，就算了。』

「當時一樣有狀況不是嗎？妳不是諒解了嗎！」

事到如今，我倒是沒有料到自己會因為隔了快一年三個月的事情被數落。

呃，也許是在這種關係，或者在這種情況下才會想要提出來吧。

該怎麼說呢，妳變成滿有考察價值的女主角了嘛，加藤惠。

……先不管那對我而言是否算好事。

『唉，雖然我對那個叫紅坂的人有不少意見……不過，聽你那麼說就覺得很擔心……她本人的狀況怎麼樣？』

「呃，講話方式正常，好像也沒有因為病倒而受到打擊，感覺似乎沒有那麼嚴重就是了。」

『希望那不是為了顧面子的表現。腦部會發生什麼狀況都不好說啊。』

腦部的病變確實很恐怖。

雖然我沒有親人得過相關疾病，即使如此，光是信手拈來的保健資訊就足以令人感到不安，那屬於人體中最脆弱重要的部位。

尤其是紅坂朱音一旦生病，有可能會直接導致她取之不竭的豐富靈感泉源因而喪失，那真的會是御宅界……不，世界性的超重大損失。

「不過，她也不會因為我們擔心就會康復，剩下的只能靠醫生了。」

『嗯，是那樣沒錯。』

這麼說來……

結果，據說變得動不了的那隻右手，她一次也沒有從床裡伸出來過。

『可是，英梨梨和霞之丘學姊製作的遊戲要不要緊？病倒的算是最頂頭的大人物吧？』

「那才是我們操心也沒有用的問題吧。」

我無法想像那位紅坂朱音氣餒或沮喪的模樣。

不只是我，大概所有認識她的人都有同感。

難道正因為如此，當時她才會像呼吸一樣自然地硬撐？

『她們那邊也是年底要發售吧？現在不是很重要的時期嗎？』

「或許是吧，不過我只能重複跟剛才完全一樣的回應喔。」

不曉得她什麼時候可以出院？

要是可以出院，能立刻回到工作崗位嗎？

這次的事情，對英梨梨和詩羽學姊會不會有什麼影響？

跟同人電腦遊戲相比，家用主機遊戲應該會以「月」為單位，提前送出母片。

『不知道英梨梨要不要緊……要聯絡看看嗎？』

「別吧。」

『可是……』

「明明什麼忙都幫不上，還問對方困不困擾，也只會造成困擾吧。」

『話是那麼說沒錯……唔～嗯……』

沒錯，就算為此苦思，既然想不出解決方法就只會徒增擔憂，一點好處都沒有。

「重要的是，我們同樣有懸而未決的大問題。」

『懸而未決的大問題？是指什麼？』

所以在這種時候，要換個正面的話題敷衍……不是啦，讓我們積極以對吧。

「關於今天的約會要怎麼彌補。」

『…………喔～』

……想是這麼想，對方的反應卻頗微妙，感覺變回幾天前的調調了。

「我姑且有把下週末也全部空出來……除了寫劇本以外都沒事。」

『話雖如此，我的生日已經過了啊～』

「呃，妳說得沒錯，不、不過晚一個星期慶祝，我想還勉強過得去……」

『何況今天發生了很多事情，手頭上的錢全都用光了，我想短期內沒辦法出門嘍。』

「妳買了什麼？妳花了多少啊！」

糟糕，照這樣聽來她還是不太能釋懷。應該說，累積的壓力似乎很可觀。

等一下，妳的淡定屬性設定跑去哪裡了，加藤惠？

『不過，該怎麼說好呢？你想嘛，凡事都要看時機啊～』

不，只聽語氣確實非常淡定，可是用到「非常」這個詞來修飾時，就不太淡定了吧？

『有時候一旦錯過，就回不來了呢～』

這何止是回到對戲前的狀況，還更加惡化了？

前進三步又後退了兩百步……？

『所以嘍，倫也，請你繼續努力寫第一女主角的劇……』

「那麼，關於我們之前中斷的對戲……」

『咦……？』

不過，倘若如此……不對，即使如此，我會採取的行動仍然不變。

「那部分什麼時候可以再開始？副總監？」

只管愚直地，灰頭土臉地往前進。

雖然我分不出自己在前進還是後退就是了。

『我說啊，倫也，這跟那是兩回事吧？』

「對，完全不相關。我談的是比彌補過生日更重要的遊戲製作。」

『我不是說過，希望能休息一陣子嗎？』

「嗯，妳說過。」

『那……』

「可是，時間已經過了那麼久，連妳的生日都『完全』過去啦～」

『唔哇……』

「何況劇本也真的非完成不可了。」

『唔唔……』

沒錯，這才是正攻法。

對方後退兩百步，我就先全力衝刺一百九十八步，然後馬不停蹄地繼續走的王道手法。

……雖然也可以稱之為硬拗啦。

『總覺得～你最近變得很厚臉皮耶～』

「跟妳今年起的黑化相比，這不成問題。」

『我根本就一派淡定啊～才不黑喔～』

「不，我並不是說女主角黑化不好喔。黑化的角色不錯啊，這是女主角樹立鮮明形象的一種形式。」

『跟霞之丘學姊的角色有微妙地重疊就是了。』

「妳會談到那一點正是黑化角色的真本事。嗯，虧妳能黑到這種境界呢，惠。」

『以第一女主角來說，那樣行嗎？』

「嗯，總比淡定像樣吧？」

嗯，正攻法果然不錯。

畢竟你看，對話逐漸變得讓人心情舒坦了。

呃，我不是說之前那些難堪的對話讓人不舒坦。

應該說，最近跟惠交談，我總覺得既舒坦又難堪，該怎麼形容呢……你想，就是那樣。

『我還是覺得自己……應該說這次的第一女主角，有必要開拓新的角色性嗎？』

「那樣也很有趣啊。比方說……無論男主角怎麼毀約，都能溫柔地包容一切的天使型角色如何？」

『那我……不對，那女主角不會覺得壓力沉重嗎？』

「之前不就淡定地讓事情過去了嗎？」

『淡定且不放在心上和包容並原諒一切，兩者感受到的壓力根本不一樣啊！』

「所以角色性才鮮明不是嗎！」

『好讓男生佔便宜啊。』

「妳！我說惠！在美少女遊戲中否定這點的角色不會受歡迎吧！」

『會嗎？或許會因為很有人性，反而受歡迎喔。』

「理應要療癒人心的女主角要是那麼麻煩，玩家會累啦！」

『是是是，辛苦了～』

說是這麼說，惠在不知不覺中，就自然而然地陪我進行她原本排斥的對戲了。

這種麻煩卻很好哄的特質，就是名為加藤惠的女生，在不知不覺中養成的女主角屬性。

說不定……她是跟某人培育出來的。

也許這樣的角色性……有一點點稀奇。

※　※　※

『……那我差不多要掛斷嘍。』

「嗯。」

……當惠這麼開口時，時鐘的兩根針都已經朝著上面了。

『所以嘍，對戲不會重新開工，不過有狀況要好好聯絡喔。』

「條件開成那樣，感覺會讓人有話說耶。」

在這四小時裡，話題天南地北，我們兩個簡直都找不到時機打住。

其中一方沉默下來，另一方自然就會接話。

其中一方不知道該怎麼回答時，另一方自然就會改變話題。

『不過，假如劇本怎麼樣都沒有進度，又趕不上截稿日的話……你再認真拜託看看吧。』

「我明白了。我會下跪拜託的，請妳幫助我成為男人。」

『不要認真地講這種話啦。你一點都不抗拒下跪耶。』

「嗯，只要妳肯接受我。」

『我只接受對戲喔，不會答應其他要求喔，基本上。』

「句尾不要多加『基本上』，妳那樣就留下可能性了吧！」

像這樣，就算話題有點遊走在尺度邊緣，惠也完全可以接受，反而是我被嚇到了。

即使如此，在她的認知中，對戲似乎還沒有重新開工，我們的關係修復似乎仍處在微妙階段。

不知道她是在躲我，還是干涉我，或者兩者皆非。我搞不太懂。

『唉，總之你加油吧。接下來，要心無旁騖地全力投注於我們的遊戲上面。』

「…………」

『……倫也？』

「嗯，我了解。掰嘍。」

『晚安。』

講完像那樣讓人不明所以，卻又忍不住盈現古怪笑意的長時間電話，我把發燙的智慧型手機放到桌上。

然後，我任由舒暢的疲倦感擺布，輕輕閉上眼睛，抬頭望向天花板。

透過眼皮，只有光亮的紅暈觸及眼睛。

充斥於身體的，是累積了四小時的幸福感。

還有……

「…………」

在我心裡作怪，真面目不明的「某種想法」。

那大概是我忽略掉的事情。

不，那肯定是我拚命想迴避的事情。

那是我斷定為「因為與我沒有關係」……不，是「我無法有所關連」的事情。

第三章　一點一點地添入**險惡**的描述來提味～

「倫也……？」

「嗨！」

在那之後經過三天，星期二的傍晚。

放學後，我踏上歸途（惠到現在仍患有藤○詩○症候群（一起放學回家會不好意思），所以我獨自踏著沉重的步伐），換了便服，馬上再次走出家門……

就這樣，我來到位於坡道上，步行五分鐘就可抵達的豪宅……澤村家按了門鈴。

「怎麼了嗎？在這種平日跑來。」

「沒有，聽說妳沒有生病，所以我過來探望。」

「……正常來說，不是聽說生了病才上門探望的嗎？」

沒錯，無論有沒有生病，我今天拜訪的目的無非就是為了探望。

畢竟英梨梨在一週之初的星期一、二連續缺席沒有到校，級任導師還宣布：「澤村同學得了流行性感冒，因此這一週要請假休息。」……對外發表的病情甚至嚴重至此。

雖然我在星期一早上就接到她這次是翹課的消息了。透過ＬＩＮＥ。

「說什麼傻話，假如真的是流感，我怎麼可能過來。」

「以前就算是再嚴重的傳染病，你還是照來的說。」

「因為我已經領悟到自己當時做的事情有多可怕了。」

是的，回顧以往，每當我去探望英梨梨，恐懼總是如影隨形。

……包含去年那須高原（第六集第五章）那次。

因為會見識到臉部潮紅、呼吸急促，原本咳了好幾分鐘卻突然沒有呼吸，差點讓陪在旁邊的人嚇得心跳停止的症狀。

「唉，算了……反正我剛好打算休息一下。」

英梨梨說完，總算把跟桌子黏著的身體轉過來，朝天花板嘆了一大口氣，然後拿掉眼鏡。

在學校通稱「金髮雙馬尾及膝襪美少女」的她搖身一變，如今完全成了「亂糟糟金色長髮配綠色運動服的眼鏡少女」。

……呃，當中的「眼鏡」原本是屬於我的（惠送給我的）東西就是了。

「狀況怎麼樣？會用流感當理由請假，表示妳在趕工作吧？」

沒錯，「罹患流行性感冒而因病缺席」，算得上某種家傳絕學。

光是唱誦那段咒語，不只能輕易聯想到發高燒導致身體衰弱的模樣，更有預防感染爆發的免罪券威能，不用多費唇舌就可以請假至少一星期，對學生或進入社會的兼職作家來說是十二萬分方便的病名。

雖然在交稿前用那種方式保留時間，真的得到流行性感冒時就無話可說了。

「趕是趕啦……不過，照紅坂朱音之前所說，接下來到母片完成的一個月內，好像會一直持續這樣的工作密度喔。」

「呃，那樣沒問題嗎……」

「沒問題的啦，萬無一失。這次我是用A型流行性感冒當藉口，不過等天氣變冷，陸陸續續還有諾羅病毒跟B型流行性感冒的牌可以打。」

「至少要畢業喔，雖然彼此放棄掉升學也是可以啦！」

像這樣，看著英梨梨現在成長茁壯到敢於像個兼職作家一樣裝病，該怎麼說呢？對當了十年青梅竹馬的我而言，有種純粹的欣慰與安心，也覺得有些落寞。

「唉，請了假總是要還……但是怎麼說才好呢，我現在不太能分心想其他事情……」

「那麼吃緊嗎？」

「忙成這樣才不是吃緊就能形容的！還剩三十天，草稿已經出來的劇情事件圖有十二張，還沒著手的劇情事件圖有十張，加上店家特典的新圖八張就是十八張……另外，我也有監修CG上色～」

「妳還是拖到要一天畫一張的步調了啊……」

這傢伙不管任何時候或立場都要挑戰極限耶。

話說，本月初時她好像才講過（第十集第一章）「所有素材的交稿期限在九月底」，是不是隨口就延期了啊？

「……唉，店家特典圖最晚還可以再拖半個月，應該能勉強讓品質保持到最後都不下滑。」

而且妳是不是還想再延後交稿？

「不讓品質下滑是嗎……」

「要看是可以，你別傳出去喔。」

「我哪會啊……」

不過，看了英梨梨桌上畫到一半的線稿，我發現這傢伙現在的作畫品質，驚人到讓我懷疑：

「這種圖要一天一張……？」而為之戰慄。

因為在電玩雜誌及網頁已經公開的樣品ＣＧ，馬爾茲的最新作品《寰域編年紀ＸⅢ》在近年的系列作中，展現出格外出色的話題火熱度。

寰域編年紀系列最近幾款作品，都是由幾位老鳥級的知名插畫家輪番操刀，而紅坂朱音出了奇招，拔擢在商業領域完全沒有名氣的新人插畫家，以及非屬同一業界的輕小說作家，起初曾掀起贊否參半的討論熱潮。

然而，以最初發表的主視覺圖像為首，每次推出新的插圖或體驗版，從網路上活生生的反應就能感受到否定的意見逐漸在萎縮。

短短一年前還是十八禁萌系同人作家的高中生插畫家，其筆下描繪的世界，八成會在今年冬天，與下了猛藥（霞詩子）的劇本一同席捲家用主機業界。

……不過，這是如果有完成系統扎實的精彩遊戲的話。

「拚工作是無妨，不過妳有好好睡覺嗎？」

「沒問題，我現在都有睡上六小時。得為真正的最後衝刺時保留體力才行嘛。」

「真正的最後衝刺是嗎……」

「……最理想的狀況是要避免那樣啦。」

如此嘀咕著，我們對彼此苦笑。唉，我們兩個的腦海裡浮現的大概是同一段記憶（第六集第六章）吧。

不過，英梨梨很快就掩去那種苦澀的表情，用毅然的目光望向我。

那是將當時的後悔藏在心底，即使如此仍確實地前進……應該說，前進得太過頭的堅強創作者的眼神。

「妳很來勁呢。」

「來勁？會嗎？……嗯，或許吧。」

用不著聽英梨梨那含糊的回答，她的充實感就從全身流露而出了。

她認真投注於這部作品的心意傳達給我。

……要說的話，感覺她參與我的作品（Cherry blessing）時也有投注於其中。實際上，當時從圖裡也可以體會到那股強烈的心意。

不過，看圖就曉得，如今在她的心意中，還多了龐大的自信。

這是相信自己能將強大生命力灌輸至作品之人的筆觸。

自信附在英梨梨的筆上，讓靈魂注入作品。

在玩遊戲時看到這張圖的玩家，肯定會大吃一驚。

絲毫不輸給以往的知名繪師，不，全然不遜色。

從明年起，英梨梨八成會變成立場與現在完全不同的作畫者吧。

不只是電玩，還會有動畫角色的原案設計之類，等級與以往不同的業主將前仆後繼地委託她工作。

然而，或許馬爾茲也不會鬆手。

再說，說不定《寰域編年紀XIII》會改編成動畫，進而在各種媒體上開花結果，會有大量的工作如雪片般飄來。

「幫我畫最強美少女遊戲的原畫，雖然是同人作品」的這種委託，她或許再也不會接了。

……說來顯得執拗，不過，那也要這部作品能保持我所知道的那副模樣問世才行。

「對了……後來馬爾茲的人有聯絡妳嗎？」

「沒有，我這邊原本就只會接到紅坂朱音的聯絡。」

「是這樣嗎？」

「嗯，跟馬爾茲的人見面，只有在一開始打招呼的時候。你想嘛，就是在東京車站，你來送我的那、那一次……啊啊啊啊啊啊啊啊～！」

「喔～是喔～原來只有去大阪（馬爾茲總公司）的那一次嗎～」

我不理會似乎想起無謂心靈創傷（第七集終章）的英梨梨，只顧思考剛才那些話的意義。

換句話說，紅坂小姐在製作《寰域編年紀XⅢ》之際，將兩名主要成員和真正製作的馬爾茲研發團隊隔離了。

她那樣做有意義嗎？還是沒有？

倘若有意義的話，又是為了什麼……

「總之，我這邊沒有接到聯絡。要說的話，霞之丘詩羽比較有可能經由不死川的町田小姐接到聯……霞、霞、霞之丘…………霞之丘詩羽～～～～！」

「喔～對啦，說得也是～」

我還是不理會一再重溫奇怪回憶（第七集連續三張插圖）的英梨梨，把心思放到之後的事上面。

關於英梨梨本身……目前的她應該不要緊。

畢竟，就算在紅坂朱音病倒的此刻，她仍壓抑住不安（有在壓抑對吧？），展現出充實於工作的模樣。

剩下的問題，就是英梨梨做的這些能否不透過紅坂朱音，確實反映在遊戲上……

當然那不是我該操心，更不是我能介入的事。

所以我也明白，就算我擔心也沒用。

懂歸懂……但我還是無法不去了解，不去確認。

『明明什麼忙都幫不上，還問對方困不困擾，也只會造成困擾吧。』

曾經那麼說的人，確實是我。

因此，我現在的心情，與我對惠說過的話完全矛盾。

即使如此，我……

「……倫也？」

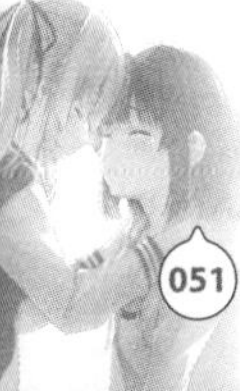

「咦？啊，沒什麼，我只是在想一點事。別介意，妳可以回頭忙妳的工作。」

一回神，我似乎在找不到出口的思緒迷宮中，徘徊了十分鐘以上。

看向時鐘，我來這裡已經過了三十分鐘，以「稍作休息」而言，經過的時間也太久了。

「啊～那個……嗯。」

「……？」

英梨梨大方地接受了不小心久留的我。

她跟以前一樣，被我看到居家的打扮也不會排斥。

話雖如此，倒也沒有像以前一樣隨便應付我。

她顯得安然自在，認識十年之久的青梅竹馬毫不畏怯地面對面望著我，自然地流露出笑容。

不過……英梨梨堅決不肯將目光轉回桌上畫到一半的圖。

「啊……」

「怎樣，倫也？」

「沒事……我回去嘍。」

「咦……」

此時，我注意到了。

英梨梨不回頭工作的理由，或者原因。

應該說，她在脫離社團的時候，就已經講清楚了。

她說：「有倫也在身邊就畫不了圖」……

以前的英梨梨無論我在不在，都能毫不介意地畫出「好作品」。

然而現在的英梨梨……不，在畫「驚人作品」時的「柏木英理」就……

「你要走了嗎……？」

我的這般態度頓時讓英梨梨的臉上，浮現我所認識的「英梨梨」的表情。

讀小學時，那個揪著我的衣襬，小步小步跟在後面的她……

「嗯……之後我會再來。」

「之後是什麼時候……？」

「我想想喔……那就下個星期日。」

但我所認識的「英梨梨」，畫不出柏木英理如今畫的「驚人作品」。

這傢伙在產出「驚人作品」的瞬間，肯定已經沒有片刻能讓我見證了。

所以，有自信比任何人還崇拜「柏木英理」目前畫作的我。

此時此刻，無法待在這裡。應該說，我不想待在這裡。

「星期日……你要來喔。」

即使如此，該怎麼說呢？呃，在不經意的一瞬間變回「英梨梨」的英梨梨……

「我知道啦。反正走五分鐘就到了……掰啦。」

「嗯，掰嘍，倫也。」

到頭來，還是會讓我感到依依不捨。

※　※　※

走出澤村家的豪宅以後，西邊天空仍然朱紅，東邊天空卻已經變黑了。

驀然回首，在二樓露臺上，英梨梨正托著臉頰目送我。

儘管我想多看她那副模樣一會兒，不過，我希望能盡早讓柏木英理降臨，於是開始快步走下坡道。

相較於十年前，讓人感到有些落寞，卻可靠的青梅竹馬兼天才作家。

比誰都厲害，比誰都脆弱，容易受挫也容易成長。

正因如此，英梨梨非得成功才可以。

她必須保持心高氣傲，永遠都不減威風才行。

沒錯，連一次失敗都不能有。

第四章　老闆是**天才創作者**的公司最好要小心。說真的

星期三，早上七點。

毋庸置疑，那是平日早晨，原本應該要起床上學的時段……

「早安，紅坂小姐。」

「什……」

有個身穿睡衣的女子掩人眼目地，從會誤認為超高級飯店的醫院門口走了出來，打算匆匆搭上停靠在候車區的計程車時，我從背後向她搭話。

「町田小姐要我轉達：『不要天天玩這種小家子氣的把戲。』」

「今天早上沒有看見阿苑的身影，我還以為這是個好機會，原來監視人員在不知不覺中換班啦……」

星期三，早上七點十五分。

毋庸置疑，那是平日早晨，正常來說應該是已經必須出門去學校的時段……

「對，所以請妳躺回床上。在上午診察之前會由我監視……呃，會由我陪在妳身邊。」

「診察都是白費工夫，我早就完全康復了。」

「照町田小姐所說，連病因都還沒有釐清就是了……」

「無能醫生講的話怎麼能信。血栓已經化開了。我自己的腦袋，我自己最清楚。」

「……假如妳想證明那一點，請用右手跟我握手。來，使勁地握。」

「嘖……」

我正在豪華醫院的豪華個人病房裡，陪伴曾經稍微關照我……也曾經狠狠地對待我的陌生人。

……即使由我自己來說，也覺得自己的行為有點莫名其妙。

「話說回來，你怎麼沒去上學？我記得你是高中生吧？這樣能畢業嗎？」

紅坂小姐一面嘔氣，一面認命地回到床上……不，看來她還是沒有死心，用正中要害的方式數落我。

「話說紅坂小姐，妳那麼年輕就腦梗塞，難道沒有打算稍微反省自己的生活態度，暫時安分一點嗎？」

「廢寢忘食做同人遊戲的人，有立場跟我談生活態度嗎？」

「至少我還活蹦亂跳的。」

「哼，誰管你那麼多。你只是『比我年輕』罷了，再過十年……」

「啊～好好好，我認輸。所以拜託妳，不要激動到讓血壓變高。」

「哼……」

唉，紅坂小姐大概也注意到比高中生還幼稚的自己有多丟臉，嘔氣歸嘔氣，這次總算乖乖躺到床上了。

……雖然她依舊無法用右手。

「受不了，我已經白白耗掉了四天時間，到底要什麼時候才能回去工作？」

「要等到病因徹底釐清，接受過適當的治療，醫生准許妳出院才可以。」

她的嘴巴動起來好像沒有大礙，不過，昨晚聽町田小姐所說，她的身體似乎仍相當不靈光。

全身無法取得平衡，連直直地走都很費勁。

右手的握力完全沒有恢復，連直線都畫不了。

應該正看著位於正面的人，目光卻微妙地偏到其他方向。

……在這種狀況下，她還動不動就想躲過監視（町田小姐）並自作主張地出院（逃走）、在深夜的病房裡一手拿著手機大吼大叫，跟理想中的病患相差甚遠。

「別說傻話了。要是我再這麼悠哉下去……」

「再悠哉下去，會變得怎麼樣？」

「……你不需要知道那些。」

而且，她一直對醫生及町田小姐如此惡言惡語的最大理由，八成就存在於這股焦躁感之中。

「一個月後要將母片送廠，詩羽學姊的劇本已經完成了，英梨梨『算是』有按照計畫將圖稿完成……剩下的就交給馬爾茲那些研發成員……」

「別讓我一再重複。事情才不可能那麼……」

「所以要是這麼做，會帶來什麼後果？」

「……唔。」

紅坂朱音的臉上露出前所未見的苦澀，以及凶狠眼神。

……有夠恐怖。

「我……應該說，除了妳以外，沒有任何人知道製作現場出了什麼狀況。」

不過，就算再恐怖，我也非得問清楚。

昨晚，在與町田小姐通電話交換情報的過程中，我們發現了潛藏於這款《寰域編年紀XⅢ》的危險。

當我們兩個討論時，町田小姐提到：「小詩好像沒有掌握到研發的進度」，而我回應她：「英梨梨好像沒有跟馬爾茲直接聯繫過」。

那表示町田小姐、我、詩羽學姊和英梨梨，完全不清楚實際的遊戲製作現場有什麼狀況。

「所以紅坂小姐，希望妳能告訴我……要是妳不在，《寰域編年紀XⅢ》會變成什麼樣？」

而且我們這邊會處於這種局面，就一定也表示馬爾茲可能對我們的狀況完全不了解。

換句話說，只有唯一掌權的紅坂朱音，可以像神一樣俯瞰兩邊的世界——這就是我們發現的恐怖事實……

「所以我才一直強調。趕快讓我出院。」

「在那之前，請先將狀況告訴町田小姐和我。」

「這麼做根本沒有意義。」

「製作遊戲是團隊作業吧？沒有人告訴妳，報告、聯絡、商量是很重要的嗎？」

唉，雖然我之前曾經被副總監大罵過一模一樣的台詞，或許沒有資格這麼說。

不過，正因為她含著眼淚罵我，如今我才能切身體會到有多重要。

還有我跑來攪和這些事情，同樣也應該確實地報告、聯絡、商量。對於不久後的將來會鬧出什麼衝突，我也非常明白……

「要聽報告的是我。不是我向人報告。」

「或許以往確實是那樣沒錯……妳一直都掌控著一切，直到上個星期。」

「我才不管那麼多！這是我的遊戲！」

「同時也是柏木英理和霞詩子的遊戲！……拜託妳不要激動！」

不過，當然也是馬爾茲的遊戲啦，不過講那種話似乎會讓病人多受刺激，因此省略。

「…………」

「…………」

要盡量避免刺激對方，但也要切入對對方來說很嚴重的話題。

像這種好比爆炸物處理小組的任務，連我都覺得壽命會減短，額上冒出冷汗與黏汗。

然而，爆炸物（紅坂朱音）當然也從全身湧現其實不該抱有的緊張感，從正面……不對，她果然用稍微無法完全從正面而來的目光瞪著我。

之後，充斥著焦躁情緒，只能感覺到引火線正在變短的時間逐漸過去……

「……我明白了。」

「紅坂小姐……！」

「我會跟阿苑說。會拜託她。」

總算……住院第五天，紅坂朱音總算回以稍微順從的反應。

「所以，你幫我聯絡她。叫她無論如何都要立刻趕過來。」

「對於到昨天為止為妳連續通宵四天沒睡覺的人，妳還要那樣說話嗎……」

唉，除了剛才那句讓步的話以外，她還是依然故我。

即使如此，我仍馬上開啟ＬＩＮＥ，輸入要給町田小姐的訊息。

「還有，聯絡完以後，你就回學校去吧。」

「咦……」

是的，因為我的任務這樣就完成了。

「不過，看來似乎會害你遲到一會兒。給你添麻煩了。」

我是高中生，並非業界人士，與《寰域編年紀ＸⅢ》毫無關聯。

只是跟原畫家、劇本寫手曾在同一個社團，又與企畫者見過幾次面。

如此的我所能做的，就到這裡……不，我能做到這些，對於認識紅坂朱音的人來說，八成已經是值得驚訝的成果了。

所以，剩下的事就交給町田小姐，我回到自己的生活、自己的社團……

然後將事情告訴惠，為自己插手多事的行為低頭賠罪，再跟她說：

『我為到今天為止的事道歉。不過從明天起，我會再全力投注於我們的劇本。』

『所以說，差不多該來討論對戲重新開工的期程了……』

「…………」

「……少年？」

這件事應該就這樣結束了才對。

※　※　※

接著，到了下午一點。

町田小姐相隔四天才回到工作崗位，由於要處理堆積過多的文書工作，回醫院難免就拖了幾個小時。即使如此，她仍拿著在便利商店買的食物趕到病房，一面喘氣，一面火速吞下三明治與咖啡後，貌似總算歇了口氣並開口：

「……所以說，ＴＡＫＩ小弟為什麼還在這裡？學校那邊呢？」

「就別在意那些了！」

唉，她的第一句話與正事相差甚遠，對此我希望她不要想太多。

「我並沒有留他喔。單純是少年無論如何都要賴在這裡，說都說不聽。」

「拜託你去上學前來探望茜的確實是我……不過，我沒有要你介入這麼多啊。」

「兩位，現在不是說這些的時候吧！《寰域編年紀ＸⅢ》正面臨重大危機耶！」

儘管她們兩個都用十分狐疑的目光，看著如此急迫地大吼的我好一陣子……

就算這樣，她們似乎有個最起碼的共識，那就是相較於當下的危機，我留在這裡是否妥當根本無關緊要，因此紅坂小姐總算開始談起《寰域編年紀XIII》所發生的問題。

但是……

「其實，馬爾茲對『我們』開出的期限是在九月底……換句話說，剩下不到一個星期了。」

「「咦咦咦咦咦咦咦咦～～！」」

她做的告解感覺從一開始就猛到不行。

※　※　※

紅坂朱音與馬爾茲之間的搏鬥……據說壯烈無比。

馬爾茲的研發團隊為了讓遊戲部分的品質穩定，從一開始研發時就提過，故事劇情和CG要在上市三個月之前……也就是九月底完成，紅坂朱音也「姑且」答應了對方開的日期。

然而隨著研發有所進展，「預料中的意外」接二連三地開始發生。

對於在七月底寫好的劇本初稿，馬爾茲的研發陣容對內容、寫作速度都讚賞有加，以為撐起作品的基底在這個時間點已經順利完成了。

然而那篇初稿在紅坂朱音的堅持下，走向大幅修改……而八月底再次交出的修正稿內容太具衝擊性，這次讓研發陣容為之頭痛。

研發陣容曾提出要刪除那篇劇本，或者大幅精簡後加以排毒的主意，但紅坂朱音對此提出的修正方案，卻是將幸福結局的劇情「加量」——超乎想像的回覆。

此外，一天比一天提升的線稿水準，也具備足以讓馬爾茲生畏的資訊量與品質。

無論大阪的ＣＧ團隊再怎麼賣力上色，紅坂朱音仍表示「努力與成果是兩回事」，一次又一次地要求退回重做。

而且，偶爾有由原畫家柏木英理直接上色的ＣＧ送來，完稿的品質屢屢讓團隊成員心靈受挫，導致ＣＧ成員在研發過程中走了五個人之多。

到了九月……離素材完成期限只剩一個月的時候，馬爾茲方擺出比之前更強硬的態度。

他們認為照目前的研發步調，實在來不及在年末發售，就只自顧自地再次提出了重新規劃的工作期程……不，是逼迫別人配合（紅坂朱音之詞）。

為了嚴格遵守新期程，他們不再接受圖像重做的要求，只用至今完成的素材來建構。

為了讓減少的圖和劇情兜攏，劇本也跟著回到初稿狀態，分量減少為目前寫好的劇情總量的三分之二。

馬爾茲如此蠻橫的作法（紅坂朱音之詞）當然不可能讓人接受，據說她在這幾天，為了讓這個作品能照著自己的構想完成，一直在趕工進行調整（稱其為抗戰）。

※　※　※

「再三個星期……只要將素材的提出期限再延三個星期就行了。」

「…………」

「…………」

聽到紅坂朱音由衷不甘心似的怨言，我們都說不出話。

「當然不用連發售日期都延後。只要壓縮遊戲部分的調整期間應該就能解決。」

「…………」

「…………」

臉色染成一片蒼白，表情肌也停止活動的我們，只能專心地聽著她說話。

「而且要壓縮期間的話，他們擁有足以應付的人手……畢竟我們這邊才三個人，反觀對方卻有幾十倍的人力。」

不過，在我旁邊的町田小姐拚命從跟我一樣的狀態取回了意識。她在嘴唇抽動幾次以後，總算把自己的想法說出來，傳達給紅坂小姐。

「妳這個～唯我獨尊又累死人不償命的女王！血腥之茜～！」

呃，身為頭一次聽到剛才那些話的人，我覺得她的意見十分合情合理……

「馬爾茲那樣根本沒有錯啊！他們講的都合情合理啊！以業主來說是理所當然的應對啊！」

的確，正如町田小姐所說，馬爾茲的主張有其道理……不如說完全站得住腳。

在劇本方面，紅坂小姐無視對方的意見，將原先規劃的劇情大幅增量，還毀約不守期限。

在圖像方面，則是過度拘泥而一再打回票。

而且，她還想把外包人員造成的延宕推給業主的員工團隊善後……

「妳這樣耍任性怎麼可能行得通啊！」

「沒有那種事！只差一步就能讓他們聽話了！」

「那我換個說法好了！外包人員像這樣極盡任性之能事，『除了妳以外的人』是不可能行得通的啊，茜！」

「噯，町田小姐，不要讓病人激動！」

儘管我拚命安撫町田小姐，對於她的主張還是不得不全面表示同意。

能實行那種挑戰極限的研發方式，只有用轟動業界的實力與性格硬是貫徹其傲慢，簡直像犯了神〇病的一小撮創作者才夠格。

「所以我才要求讓我出院啊！只要給我一天，我就能把期限延後三週給妳看！」

「妳的一天跟常人的一天不同啦，妳懂嗎！」

沒錯，紅坂朱音制定的時間軸，無論是時間的流逝方式還有資訊量，都與我們一般人不同。

我敢說，實際的勞動時間肯定是二十四小時，肉體與精神的消耗度則高達一千小時，體感時間卻是一秒。

她的意思就是要在那種好似被關進精神時光屋的狀態下，連續忙上二十四小時……

「除了妳以外，沒有人能辦到那種事。而且……現在的妳也辦不到。」

是的，要辦到那種事，只有用轟動業界的實力與性格硬是貫徹其傲慢，簡直像犯了神〇病的一小撮創作者……在身體健全的情況下才有可能。

必須是紅坂朱音。必須有健康的身體。

必須是那樣的怪物讓腦血管氣到斷掉好幾次，一面怒罵一面大吼，還到處出言恫嚇，好不容易才能成就的偉業。

那屬於太過偏門的遊戲研發手法。

坦白說，比我的社團還離譜……對方明明是商業大廠，推出的更是殺手級鉅作。

「我也曉得啊……我的作法和身邊那些人的規矩合不來。」

我倒沒想過她會少根筋到連這點都不明白。

「可是，那樣做得出神級遊戲嗎？」

即使如此，她明知道是強人所難還硬要胡搞，就比少根筋還要惡質了。

「那些傢伙想做的，是把這款作品貶為『凡庸遊戲』的行為……」

那種惡質的思考方式，應該被社會淘汰。

「那種事情能被允許嗎？我……還有那兩個人創作的故事，可以就這樣被埋沒嗎……？」

所以，我和町田小姐非得慢慢地制服這個因為生病，而變得只會像小孩子耍賴的天才。我們必須對她好言相勸。

「為什麼要現在發病！至少等我一個月啊！母片完成後再給我個痛快不就好了！」

既然她所做的事沒有其他人能辦到，就只能讓她打消念頭。

要一面肯定過去的她，一面否定現在的她才行。

「那兩個人……是我發掘出來的，她們的天分不能栽在這裡！」

所以我就……

「…………妳少胡說八道，發掘她們的應該是我吧啊啊啊啊～！」

「ＴＡＫＩ小弟？」

儘管我想了許多用來說服的說詞……

但她剛才說的話太不能令人接受了。

「什麼叫『我發掘出來的』，妳這個篡奪者～！發現她們、讓她們廣為人知的都是我啊！妳只是託我的福才找到她們兩個，然後就擅自把人搶走了吧！」

「嗳，不要再說了，Ｔ、ＴＡＫＩ小弟……」

「我比妳更加重視她們兩個！我才不會讓她們碰到這種事！」

「所以你才成不了事！你無法讓那兩個人成長啊！」

「妳說什麼！」

「茜，妳也一樣！不要對高中生發飆！」

狀況已經無法收拾了。

我們把病人罵得狗血淋頭，還用全力教訓小自己十歲的高中生。

「讓那兩個人的才華真正開花結果的人，是我才對！」

「英梨梨是靠著急起直追得到了成果！詩羽學姊從一開始就是天才！」

「你講的才華水準太低了啦！你誤判那兩個人的成長空間了！」

「聽妳的口氣那麼大，還不是沒辦法駕馭她們兩個！所以妳才會管不好人員，勉強自己到病倒啊！」

充滿自我正當化與推卸責任的醜陋口角越演越烈。

「我怎麼能將自己的寶物……將英梨梨和詩羽學姊交給現在連走路都搖搖晃晃的妳！」

「不然你打算怎麼辦！」

「由我……由我來照料她們！」

「好了，你們兩個都到此為止～！」

「唔……」

「唔……」

於是，我和紅坂朱音──對一切看法都不同的兩個人所展開的幼稚爭執……

被在場可說是僅剩的唯一一個，有分寸的大人挺身阻止了。

町田小姐拚命卻傻眼的那副表情，讓我和紅坂小姐都感到非常尷尬，彼此把頭轉開。

「對不起，我講話太自以為是。明明對方是病人……」

「哼……」

不，肯開口道歉的我或許還比較成熟一點就是了。

「不要緊，這點我們算彼此彼此，對我來說也沒什麼大不了。不過呢……」

不過，町田小姐湊近「比較成熟一點」的我……

「…………話先說在前頭，小詩是我先發掘出來的喔。懂嗎，篡奪者小弟？」

「對、對對對對不起～！」

然後，她對我擠出了非常非常非常不成熟的惡狠狠嗓音。

第五章　當初提到正經戲**不討好**的人是誰呢？

『你沒事吧？有染上感冒嗎？』

「呃～詳情我會說清楚，總之我身體很健康啦。還活蹦亂跳的。」

接著，日期仍未改變的星期三晚上八點。

惠又是只響一聲就接起電話，好在她一開口就先關心今天向學校請假的我。

順帶一提，惠今天用ＬＩＮＥ傳來的三則訊息，分別是：「感冒？翹課？」、「你沒事吧？」、「不能動的話，要不要我過去露面？」。儼然一副「悠閒又絲毫不黏人」的態度，擔心得恰到好處。

『是喔，那就好……你該不會是熬夜寫劇本吧？』

「啊～那部分也不要緊……應該說，從這週開始就一行進度也沒有，所以妳放心吧。」

『……抱歉，剛才那一句讓我越來越不能放心了，是我的感受不對勁嗎？』

「呃～不會啦，真的不要緊。那種問題只是小意思。」

『…………還有，你剛才的回答反而讓我很擔心接下來要談的事，是我太會操心嗎？』

那暫且不提，總覺得唯獨在今天，我們兩個的對話就像剛認識時一樣，有微妙的歧異。

唉，肯定是因為雙方跟當時一樣，彼此握有的資訊、思考的方向都完全不同吧。

「啊～怎麼說呢，惠……妳先鎮定一點坐下來。」

『我覺得不鎮定的明顯是你耶，你認為呢？』

……所以說，現在不是像那樣冷靜進行分析的時候。

「那個，惠，妳之前跟我說吧？妳說『有事情就要確實聯絡』。」

「嗯，確實是那樣……」

「還有，妳在一年前也講過吧？妳說『既然是伙伴，就要懂得互相報告，互相聯絡，互相商量才符合常識。』」

『……嗳，倫也。』

「……怎樣？」

『…………簡單來說，你打算找我討論非常不好的事情對不對？』

「不，我沒有斷言是不好的事喔！」

『……………也罷，你趕快說吧。』

「我、我跟妳說喔，惠，這應該可以幫到妳的朋友，總之輾轉過後也會幫助到巡璃……不，我是指幫助到妳……」

『夠了，總之，你把事實毫不隱瞞地全部說出來，有多少說多少，可以嗎？當中不需要有你的感想、想法或心思。』

「……是。」

畢竟你瞧，溝通明明有歧異，我想談的事情有多糟糕卻已經先穿了幫，導致惠抱著非比尋常的戒心，做足了準備要聽我說……

※　※　※

十分鐘過後。

『…………』

「…………」

我已經淡然地把事實毫不隱瞞地全部說出來，有多少說多少了喔。

包括紅坂朱音的病情有多嚴重、沒有頭緒何時能康復的事。

在這段期間，她和英梨梨、詩羽學姊研發的遊戲就此停擺，要完成有困難……不對，要以「她們三個追求的形式」完成有困難。

所有狀況全是因為每個人都依賴……不，被迫依賴紅坂朱音這名製作者的能力、盤算及威信所致。

『…………』

「那、那個～……」

還有，非得有人想辦法打破現況才行。

不過，以紅坂朱音與馬爾茲、町田小姐、不死川書店為首，參與這個企畫的各大公司及其餘人士自是不提……

更重要的是，為了英梨梨與詩羽學姊好。

因此……還有一個「事實」——我做出了一項決斷。

『…………』

「惠小姐……？」

不過當我說出口後，惠在經過三分鐘以後果然就連應聲都不肯，帶著沉重無比的沉默仔細地聽我說。

『……所以呢？』

「所、所以什麼？」

而她再次開口時，果然也是在我講完後正好經過三分鐘的時候，不知道那是出於巧合還是刻意……

唉，不管刻不刻意，這段中場休息時間算是把打轉的情緒半徑圈之大確實傳達給我了。

「你是說……從明天起，要參與《寰域編年紀XIII》嗎，倫也？」

「因為現在沒有人能看清整體的研發狀況啊！紅朱企畫的人員也一樣……啊，這間公司除了紅坂小姐以外，實際上只有文書和經理人員，懂研發的人一個也沒有……」

『我說過了。』

「噫……」

『我沒有問你的想法，只要告訴我事實就好。』

面對惠語氣平淡，壓力卻非比尋常的質疑……

「嗯……我打算參與。」

然而怕歸怕，我還是做出惠應該不想要的答覆。

『誰拜託你的？你被誰拜託的？』

「……應該說，目前聽我提過這件事的人都表示反對。」

『那當然啊……畢竟你是高中生吧？』

「嗯……」

『以往你沒有做過商業領域的工作吧？也沒有透過打工參與吧？』

「嗯，是那樣沒錯。」

『身為總監或製作人，你也只做過一款同人遊戲，還在去年冬COMI開天窗吧？』

「噯，那件事已經得到原諒了吧？講好不翻舊帳了吧！」

在某種程度上正如我的想像，惠一開口就有如決堤似的，把累積的厚黑情緒吐了出來。

然而……

「……我也明白啊，我正準備做不被任何人期望的事情。」

我既沒有逃避，也沒有閃躲那波情緒的濁流，而是無能為力地迎面承受。

「不過，非得有人代替紅坂小姐才行……」

即使如此，濁流過去以後，我仍然站在原地，並且撐住給她看。

「非得由町田小姐……還有我來做不可。」

我毅然地表明，自己的決心不會改變。

『…………』

「…………」

於是惠陷入沉默，摸索其心思的我則繼續跟她耗……

果然，經過三分鐘以後，惠又開口了。這次她改成吐出濁流底部的淤泥。

『一年前，你跟我講好了吧？既然是伙伴，就要懂得互相報告，互相聯絡，互相商量……』

「嗯，所以我才……」

儘管她只是模仿我在十分鐘前說過的內容，並提出質疑……

『但這樣不算商量吧？你只做了報告與聯絡吧？』

「唔……」

然而，我藏在那套說詞裡的欺瞞被逼著現形了。

『……我先掛斷嘍。然後，我會試著思考一陣子。』

「嗯……」

『等我的想法整理好以後，我再打電話給你。』

「我懂了。那我等妳。」

不待我回答，通話結束的電子音效從耳邊的智慧型手機響起。

「……呼。」

我吐了一口大氣，好似要將房間裡凝重的空氣扒開一樣，然後躺上床鋪。

唉，我本來就一點也不覺得這件事情能輕易如此進展，然而惠正如預期的反應，仍讓種種情緒在我的心裡亂竄。

流動於我們倆之間的……呃，所謂的氣氛，在短短一週內有了急劇的變化。

當然了，那對我來說，還有對細聲告訴我「（在女主角的劇情裡）不需要『轉』」的惠來說，恐怕都是沒有想像過的發展。

而且，那當然不是朝好的方向進展……

「……咦？這麼快？」

當我正打算用一長串的獨白，穿插悔意與回想，談起自己即使如此仍不退縮的決心時，智慧型手機就開始響起來電鈴聲了。

但是，從她說「會試著思考一陣子」並掛斷以後，應該還不到三十秒……

「惠？」

『那麼，大概要花多久？』

「……啥？」

疑惑歸疑惑，我仍想聽惠做出的結論和想法，急著接起電話後傳進耳裡的卻是……

『呃～所以你說嘛，要到什麼時候？』

「……妳是指什麼？」

惠的話聲一如我期待，還有感覺有點不得要領的問題。

『真是的，那還用問嗎？他們的完工期限啊。你會被綁住多久！』

「是、是喔……妳在問那個啊。」

從惠的口氣可以感覺到她微妙地在責備「你為什麼不懂呢？」的調調，不過我認為「主詞省略成那樣又不保證能百分之百猜對，話雖如此，隨口回答搞錯惠的意思又會讓她更生氣……」要這樣辯解也滿正當的就是了，不曉得對不對喔。

「這個嘛……紅坂小姐提出的期限是在十月第三週，所以……」

『還要一個月……？』

「『不到』一個月啦，『不到』。」

唉，在心裡努力想到的那些懦弱藉口當然只能悶著不提，我再一次明確而嚴謹地，只對她道出事實。不到一個月喔，不到。

『那樣，我們的遊戲就無法完成了喔……』

不過我表達的嚴謹似乎太微妙，沒有傳達給她。

『要是你離開我們的工作那麼久……又會趕不上冬COMI喔……』

「沒那回事，我絕對會完成。」

『你要怎麼做……？』

「我又不是只專注於她們那邊，能做的劇本作業還是會兩者併行。」

『這段期間的監製工作呢？』

「交給伊織。這次我本來就是要集中於劇本，某方面來講，都按照當初的規劃……」

『意思是你已經得到出海她哥哥的允許了？在跟我商量以前，你就擅自決定了……？』

「怎麼可能啊。還沒啦，一切都要得到妳的允許才……」

『那麼，意思是你沒有得到任何人允許，卻擅自決定了……？』

……我對惠的那套理論有幾句話想講就是了。比如說：「不然商量的順序要怎麼安排妳才滿意嘛！」、「即使在這種時候，妳還是可以完全不提波島伊織的名字，實在很厲害耶。」

「啊、呃～……是的，對不起。」

然而惡徒亦有三分理，我那些吐槽則是連惡徒都不如，因此只能靜靜地挨罵。

『……總之，不清楚的部分問完了，我掛斷嘍。再讓我思考一下。』

「啊……」

當我決定像那樣乖乖挨罵後……

惠只問完想問的事情，只講完想講的話，立刻又陷入漫長的思考了。

「呼～～」

於是，房裡再次響起我騎虎難下的空虛嘆息。

連要想個好方法拂去房間裡的沉重空氣都嫌白費力氣，我鬱悶地低頭坐到地板上，然後靠在床側。

隨著時間經過，惠原本一如預料的反應，正慢慢地超出預期，變得更加消極。

連帶地，我原本堅強的決心也開始逐漸受到懦弱的蛀蟲侵蝕。

……現在的話，還來得及走回頭路吧？

只要我向惠下跪表示：「抱歉，剛才說的全都不算！」她就會答應跟我上……不對，她就會原諒我吧？

不過那樣一來，我就……

我所崇拜，我所——的那些人就……

「咦咦咦咦咦～！」

當我正打算大談自己的焦躁與了悟，還有快要屈服的念頭，跟與之對抗的念頭所產生的對立時，手機不到三十秒又開始響起來電鈴聲。

「嗳，妳這次是怎樣！」

『那麼，會有什麼後果呢？』

「所以妳是指什麼啦！」

我像在捧哏似的從通話口應聲，惠就再次拋出了微妙的……應該說，這次她就大方地跟我打起了簡直無從回答又不算問題的啞謎。

『所以說，要是你不幫她們那邊會有什麼後果？』

「啥……？」

『那邊的遊戲會做不出來嗎？英梨梨和霞之丘學姊的努力，會全部泡湯嗎？』

看來為了要整理想法，她似乎還有漏問的事。

噯，從剛才就完全沒有理出頭緒嘛！

根本就是斷斷續續地問一句算一句嘛！

「…………並不會泡湯喔。」

……我當然不可能把這句話說出口，而是盡可能用認真的語氣，很是誠懇地予以回答。

「詩羽學姊的劇本、英梨梨的圖都會確實收錄進去。馬爾茲可是大廠，在那部分不會出差錯。」

『遊戲……會完成對不對？會趕上發售日對不對？』

「嗯……倒不如說完全交給馬爾茲，在交貨方面反而比較正確。」

是的，《寰域編年紀XIII》肯定會在年內發售……只要我們不「多事」地替紅坂朱音著想。

『……感覺會做出好東西嗎？』

「客觀來看……我想大概也能保證會是佳作。」

列作。

而且，沒道理得知那些內幕的玩家們，肯定可以打從心裡盡情享受這款寰域編年紀的最新系列作。

畢竟，紅坂朱音雖然只參與到一半，但有她削減壽命創造出來的世界，搭配新銳作家霞詩子的劇本，還有即將爆紅的插畫家柏木英理的圖，再加上業界最老牌的馬爾茲的穩定遊戲系統。

光是重讀紅坂小姐交給我的一百多頁企畫書，再過目後來製作成冊的辭典級設定集，感覺就厲害得讓人雞皮疙瘩停不住了。

還有，玩過目前完成的測試版遊戲，我覺得現階段的內容就已經完全不輸給寰域編年紀以往的系列作品了。

『那麼……就算你不去幫忙，也不會有任何問題不是嗎？』

是的，「幾乎」不會有任何問題。

玩家們肯定會稱讚這款替年末商戰增色的新作才對。

不過……

「才不是那樣……！」

稱讚那款作品的人們，將會一輩子都不曉得「紅坂朱音真正想做的」寰域編年紀，就這麼死去……

「只差一成了……離『真正完成』就只差那僅僅百分之十而已！」

『既然都已經完成九成……』

「妳覺得紅坂朱音放了多少意念在最後的那一成？妳覺得這款作品的本質，包含了多少在裡面！」

『…………』

來到最後，那最後一成的堅持，還有執著……

我在想，說不定那正是紅坂朱音的作品不容他人比肩的真正理由……

「佳作算什麼……」

看過那份企畫書……

看過霞詩子的最終版劇情大綱，還有柏木英理的劇情圖片線稿以後……

「不管由任何人來想，都會覺得它是該成為神級遊戲的作品啊……！」

這部作品居然無法成為傳奇，這不可能令人接受。

霞詩子和柏木英理居然沒有爆紅，這是不可能被容許的。

「所謂的神級遊戲……不是刻意要做就能做出來的東西。」

歷史證明過，不是所有成員都有出色能力，所有人都抱著必死決心努力打拚，就能製作出留下傳奇的遊戲。

縱使超豪華班底、超有名廠商、寬裕的資金與製作資金全部到齊，卻摔了一大跤的作品根本不勝枚舉。

即使如此，他們仍會懷著強烈的信念擬定企畫，召集有名氣的成員，不停地追求新的神級遊戲。

「但如果不去追求，就絕對做不出來。只要有一絲偷懶，就無法成事了。」

這是因為……如果不那樣做，就沒辦法產出神級遊戲。

好比有人不具備多大的能耐，或者有人放棄，從來沒有例子是在所有條件並未到齊時，還產出了成為傳奇的作品。

「所以只要有可能性，創作者就會全力去拚。」

或許無法得到手……不，神級遊戲這種傳奇幾乎不可能得手，即使如此，仍要把那當成目標。

「《寰域編年紀XⅢ》是大有這種可能性的……既然這樣，直到最後一刻，我們說什麼都不能放棄……！」

我不吭聲以後，兩人之間透過電波，分享沉默。

我想知道惠是否有理解自己的想法，一心等著對方的反應。

接著，惠應該是用上了頭腦與心靈，從雙方面試著消化我任性的想法……

『那、那麼……』

「嗯……？」

『你是不是……捨棄了讓我們的遊戲……成為神級遊戲的可能性呢？』

「啊……」

然後，她消化不完全的想法，再次漫了出來。

……同時，還讓說話的聲音，稍微變調。

『倫也，你目前也在做遊戲對不對？你說過，要用全力做出神級遊戲，對不對？』

「當然了……我時時都想著，要做出最強的遊……」

『可是，你去幫忙別人的作品，那就已經不算對自己的社團付出全力了吧？』

明明應該要花時間，慢慢地將想法整理好……

不過，惠跟我爭論到最後，讓自己的情緒在沒有整理好的狀態下，慢慢地擴散開來。

「可是，可是……《寰域編年紀XⅢ》是英梨梨和詩羽學姊的一大機會，更是她們的風光舞台……」

『不過，我們製作的遊戲，就是我們的機會喔……』

「惠……」

『那是我們花了一年拚命努力，才站上去的風光舞台喔……』

由於她展露的情緒，沒有爆發，就不會一舉蔓延……

『我不懂耶，倫也……我一點都不懂。』

然而，那無法用我的言語予以攔阻，甚至給予讓人緩緩感到痛苦的寬裕，像凌遲一般逐步蔓延。

『難道別人的大作，比自己的同人遊戲更重要嗎？這部分，我真的、真的不懂耶……』

因此，胸口那種好似心臟被掐住的疼痛……

讓我打算從三次元的痛，逃往二次元當中。

「兩邊都重要啊……兩邊我都不想放棄……」

畢竟那就是我們想做的美少女遊戲，所呈現的心態。

每個女主角都充滿魅力，根本無法挑選。正因為如此，每個都可以選，跟每個女主角都能獲得幸福。

我打算做的，理應是那樣的作品，那樣的二次元。

『噯，倫也……我要怎麼辦才好呢？』

然而，現在的惠……

『我要不講理地發脾氣、開口責備、哭泣掉淚……讓你在現實中為難嗎？』

以往，她耐心十足地陪伴著，如此無藥可救的二次元御宅。不過，其實她是三次元的普通女生……

『還是說，我要像平時一樣，裝成能夠理解，笑著告訴你：「去幫忙她們吧，去奮鬥吧……然後，忙完再回來吧。」將你送走才對嗎？』

現在，她終究回到自己歸屬的地方了。

回到現實。回到符合人性，稍微貼近真實女生的位置。

『唔……嗚、嗚嗚……』

「惠……」

『嗚……對、對不……起……』

我把女生，惹哭了。

我讓她在純粹的悲傷下，哭了出來。

我把英梨梨以外的女生，惹哭了。

應該說，我把原本以為最不可能會那樣的女生，惹哭了。

「不會……一切都是我不好。」

『雖、雖然是那樣沒錯……不過，對不起……』

說完就哭出來的叶巡璃——不，加藤惠。

原本應該志在成為二次元女主角……不，被人逼著那麼做的三次元女生。

『對不起，倫也……

我果然、不能……當你的、第一女主角。』

受到劇情中理應不需要的「轉」影響……

她的攻略難度，一口氣，攀升得跟第一女主角一樣了。

第六章　啊～這段不在GS3**補完**不行～

星期四，上午十點多。

……曠課的第二天。

「TAKI小弟，那我們再排練一次喔！」

「儘管來吧。」

開往新大阪的東海道新幹線駛離新橫濱，到名古屋車站已經超過一小時，沒有乘客上下車時，坐在旁邊座位的町田小姐轉向我，帶著認真的神色凝視而來。

「抵達大阪總公司以後，等對方的負責人出現，要先交換名片。」

「承蒙您關照了，我是紅朱企畫的安藝。呃～……」

「名片要用雙手拿。還有你那樣方向反了，要讓對方能看懂自己的名字。」

「啊，對喔……說得也是。」

呃，正如各位所料，我們搭新幹線踏上旅程的目的，是要到馬爾茲的大阪總公司跟《寰域編年紀XⅢ》的研發成員進行討論。

這是在紅坂朱音病倒之後，馬爾茲的遊戲製作團隊與紅坂朱音的劇情製作團隊之間，曾停擺一陣子的情報交流會議，也是彼此未能達成協議的最終研發期程的調整會。

……這正是我昨天下定決心，要代替紅坂朱音保護柏木英理與霞詩子，所接下的第一個大任務。

昨天湊合著弄出名片與西裝（當然是用紅朱企畫的名義請對方開收據）以後，我只跟町田小姐做了簡單的規劃。

不過，畢竟我本身是（遊戲研發方面姑且不提）頭一天踏入社會的新鮮人（而且是偽造的），儘管再過三小時就要跟對方討論，我仍得從問候的部分專心練起。

……雖然我聽紅坂小姐說過挺尷尬的打氣詞：「電玩業界裡都是在社會上混不好的人，沒必要對他們陪小心。」

即使如此，給對方好印象也不會造成任何困擾（反之則壞處多多），所以我才像這樣埋頭演練著社會人安藝倫也的角色。

「ＴＡＫＩ小弟……不，安藝先生，你負責的職務是？」

「我主要是負責社內成員……柏木英理和霞詩子的經紀工作。」

「如果被問到『之前怎麼從來沒聽過尊姓大名』的話呢？」

「我基本上都在幕後工作……敝公司的制度是由紅坂掌管檯面上所有事務，這次算例外中的例外……」

「你說話不必『刻意扶眼鏡』。」

「……呃，因為太久沒戴了，很不習慣。」

此外，裝大人的道具不只西裝，還配了銀邊細框眼鏡並梳油頭，來對我的娃娃臉（兩名三十歲左右的女性之評）進行多重掩飾。

……順帶一提，我用這副模樣亮相時，出主意的兩位都笑得捧起肚子，甚至讓病人笑過頭而有病症復發之虞，在此我要記下自己難以紓解的心情。

「您看來真年輕呢，請問貴庚？」

「二十歲，不過年齡沒有關係。這次住院中的紅坂已經將全權委託給我。委託書在這裡，還請確認。」

「呼嗯……嗯，大致就這樣吧！」

於是，町田小姐也對我這副鬼畜眼鏡……不對，冒牌社會人的扮相，似乎打了還算及格的分數。

另外，剛才的答覆是把年齡問題視為瑣事，同時在稍經察言觀色後迅速進入正題的高階談判技術，大家也可以學起來。雖然應該不會有機會派上用場。

「那麼，接下來終於要進入正題嘍！」

「好。」

「這次開會，我是以旁觀者的立場參加……換句話說，你身為茜的代理人，非得自己主持會議才行。」

「好、好的……」

町田小姐是不死川書店的員工，這在馬爾茲也是眾所皆知的事實。

而不死川書店在《寰域編年紀ＸⅢ》這方面，並沒有參與遊戲本身的研發，他們是負責從遊戲衍生的跨媒體作品……跟馬爾茲只是簽了改編輕小說及漫畫的出版合約而已。

這表示，町田小姐要對遊戲內容或研發期程插嘴，在權責上是不會被容許的事。

……意思就是，有權表示意見的，只有我這個紅朱企畫股份有限公司的正職員工（臨時）。

「跟你做個確認，我們這次的勝利條件是？」

「呃……替我方贏得延後三週的截止期限。」

是的，對今天的我來說，這正是最難打的一場仗。應該說，這就是一切。

不只需要身為社會人的交涉能力，還要發揮身為紅坂朱音代理人的特異談判能力，爭取到讓《寰域編年紀ＸⅢ》成為神級遊戲的最後機會。

唉，實在太勉強了吧。

「嗯，正是如此……不過那終究是最後目標。你最好不要有過多期待，想一次就能把事情談妥到那種地步。因為你並不是茜。」

「要說的話，是那樣沒錯啦……」

……即使明白自己做不來，被別人點破還是會有點洩氣。

「所以，你今天只好追求自己可以贏得的最佳成果……大約就是能讓馬爾茲點頭，又不至於讓茜氣瘋的成果。」

「是、是喔……」

還有，我想町田小姐說的話確實直指真理，但希望她別講得像是要讓自己人（朱音）滿意還比較困難。

「那麼，我再問你一次……我們今天的勝利條件是？」

「呃，起碼給我一點提示……」

「啥？那我怎麼曉得啊？」

「啥……？」

像這樣，從剛才就拐彎抹角地應付我的町田小姐……

對於我最想知道的事情，也一樣隨口就應付過去了。

「我本來就反對開這次的會議。馬爾茲採取的措施並無不妥……我這麼說過，對吧？」

「是、是那樣沒錯，不過……」

「這次最有動力的人，是你和茜……你起碼該趁昨天跟她研討戰略的……不過因為她是病人，我會阻止她就是了。」

「等一下，那不就表示我孤軍無援了嗎！」

「對啊，你現在才發現？」

「町田小姐～！」

就這樣，町田小姐一瞬間把我推下不安與孤獨的絕望深淵……

「噯，別擺出那麼不爭氣的臉啦……」

不過，她立刻換回溫柔的表情，拍了拍我的肩膀。

「你要保護小詩和柏木英理小姐吧？」

「那是……」

「啊……」

「我想你的那份信念，應該會成為你的最大助力喔！」

「而且那份信念，會指引你找到最適切的答案才對。」

說是那麼說，但是，她並沒有幫我減輕肩膀上承受的物理性重擔。

「那會幫助你找出茜跟我都想不到……同時也能讓馬爾茲、茜、小詩、柏木英理都接受的，最理想的折衷方案。」

即使如此，心理上的重擔是少了一點……

※　※　※

不知不覺中，新幹線也從名古屋發車了。

而在不知不覺中，町田小姐好似在說排練結束，就躺在椅背上睡著了。

……不，那肯定也是她有嚴有鬆的絕妙貼心表現吧。

畢竟我完全可以看出，她不時微微睜開眼睛偷看這邊的動靜。

離開會的時間，已經不到兩個小時。

在那短暫的時間裡，我要找出「自己心目中」的勝利條件。

然後，在今天這一仗……在會議當中，把條件贏到手裡才行。

我在商業領域的出道戰，即將開始。

……唉，雖然是站在我完全沒有料想過的立場。

※　※　※

「所以呢？這是怎麼一回事，町田小姐……」

「啊……啊～小詩，這是因為……呃～」

「為、為什麼……倫也怎麼會在這裡啊……？」

「啊～哎呀～……說來話長啦～」

是的，就這樣，現在仍是星期四，晚上十點。

地點是不死川書店大樓的第二會議室……簡單來說就是東京，而非大阪。

從上午十點搭乘開往新大阪的新幹線過了十二小時……

下午一點開始跟馬爾茲開會，原定於五點結束的議程大幅延宕，七點才搭新幹線趕回來，然後還來不及喘氣，就像這樣準備面對另一場會議——我覺得自己有點猛。雖然町田小姐也是啦。

另外，之所以完全省略掉在大阪那邊的描述，並不是因為在期程上要取景特別趕，也不是因為內心抗拒將大阪變成聖地。如果不懂我在講什麼，希望大家就別想太多了。

「所、所以嘍，話說來會拖得很長，那部分我們之後再提。今天會找詩羽學姊和英梨梨來這裡，不是為了別的，就是要分享有關《寰域編年紀ＸⅢ》今後研發計畫的資訊……」

「我就是要談別的，那部分可以先提。反正你現在解釋就對了，倫理同學。」

「是……」

唉，先不管那些，我出於「研發時間急迫，所以把瑣碎的細節省略，趕快談正事」的深謀遠慮一下子就遭到駁回……

在眼前氣勢洶洶（詩羽學姊）的目光，與慌張失措（英梨梨）的目光包圍下，我面臨不得不負起責任，進行說明的事態。

※　※　※

「因為這樣，我……呃，在下安藝倫也從今天起，會以紅朱企畫股份有限公司的臨時員工身分，擔任紅坂朱音老師的代理人……啊，這是我的名片，往後還請給予鞭策指教……」

「…………」

「…………」

於是，這次換成我以外的某人（作者）發揮深謀遠慮（偷懶），將之前的經過在一瞬間分享完畢，多虧如此，英梨梨和詩羽學姊都呆愣得閉不上嘴，盯著用反射動作從我手裡接下的名片。

……啊，順帶一提，戴銀框眼鏡和梳油頭的打扮已經解除了，別期待那方面的反應。

「我有阻止過喔！不過，ＴＡＫＩ小弟說他無論如何都要幫……茜的忙。」

「哼……」

「哼……」

「噯！不要刻意操控情報啦！主要是為了她們兩個啊！」

接著，在我做完必定會招惹怒火的解釋後，町田小姐用了依舊不負責任的笑料幫忙打圓場。

她肯定早就料到會有反效果。

※　※　※

「所以嘍，我重新確認到，現在正是《寰域編年紀ＸⅢ》的大危機。」

「…………」

「…………」

當話題轉為報告今天的狀況以後，她們倆不免露出困惑的表情，然後望向彼此。

馬爾茲採取的行動，幾乎跟紅坂小姐推測的完全一樣。

擔任紅朱企畫溝通窗口的負責人（紅坂朱音）中途離去，他們就趁機……呃，他們只好靠目前為止交出來的東西進行製作，所有素材就此定案。

之後在劇本修正、ＣＧ製作、劇情演出方面，「只好」由馬爾茲方接手，「負起責任」完成。

而且，關於馬爾茲這方完成的東西，不需要紅朱企畫方（包含劇本寫手、原畫家）監修……應該說，東西都已經定案了，所以他們不接受任何修正的指示。

儘管馬爾茲方的總監自顧自地用高壓姿態講述其立場，讓我感到憤怒。然而，看到他那副神清氣爽得像是驅邪過的表情，我卻不由得感到同情。

對方肯定吃了不少苦頭吧……至今一直被迫跟那頭怪物（紅坂朱音）搏鬥……

……現在不是跟對方產生共鳴的時候。

「什麼嘛……誰會認同他們那樣擅作主張！對不對，霞之丘詩羽！」

「是啊澤村，實在令人無法接受呢。假如對方真的做出那麼蠻橫的舉動，我會要求將自己的名字從工作人員表剔除。」

「那樣太溫和了！我要在發售前一週在部落格及推特爆料，讓他們被罵翻！」

「也對，順便把目前為止的劇本和原畫全部流到網路上，妳覺得如何？」

「那樣不錯耶！為求保險，可以僱用正牌的超級駭客動手腳，讓人查不出是誰流傳出去就完美了。」

「既然要僱用專家，能不能做到讓檔案從馬爾茲的伺服器外流呢？」

「不然就佯稱有追加素材，把夾帶病毒的資料傳過去……」

「妳們真的不在乎搞臭這款作品嗎？還有妳們講的那些有設想到打官司的部分嗎？」

是的，即使劇本寫手若無其事地交出了刀銳劍利的殘虐劇情；原畫家堅持打回票，讓製圖團隊灰心受挫，對方做的事還是不可原諒。這也是為了彼此的和平。

「總之，這樣妳們懂了吧？必須有人代替紅坂小姐對抗馬爾茲！」

「不只要對抗馬爾茲，還必須是個能夠像這樣跟妳們辯駁的人才……所以才會選上ＴＡＫＩ小弟喔！」

「…………」

「…………」

我被迫擺出的架子，搭配町田小姐的絕妙幫腔，她們倆總算停止失控，安靜下來了。

「不過，倫也……『blessing software』那邊呢？」

「唔……」

緊接著，我在鬆懈的瞬間遭到反擊，這次換我陷入沉默。

「是啊，澤村的指正很對。就算真命天女在這邊，以遊戲來講那邊肯定才是真正該顧的。你沒有任何一絲道理要來參與這邊的作品。」

「噯，霞之丘詩羽，妳說的真命天女是指哪一邊啊！」

「這是不折不扣的外遇呢……既然如此，儘管每次都下定決心到此為止，就這麼一次，倫理同學還是無法割捨地繼續下去，不知不覺中就變得欺騙不了自己的感情，就在某天痛下決心……『我有事要談，無論如何都非講不可的重要事情……』」（註：出自戀愛遊戲《白色相簿2》）

「不是外遇啦，我也會繼續做『blessing software』那邊的遊戲！」

「……那就是劈腿嘍？」

「劈、劈、劈劈劈劈……」

「……原本我想用光速否認，不過在研發遊戲方面正是如此。」

我這種可以視為擺爛的擺爛態度……也就是單純擺爛，讓詩羽學姊用更嚴厲的目光看向我。

「倫理同學，換句話說，你沒有全力投注於自己的遊戲，而是要分散到兩邊嗎？這表示你對自己的遊戲並沒有完全盡心盡力，對吧？」

「這、這個嘛……」

「那樣會做出好作品嗎？可以做出你所追求的『最強美少女遊戲』嗎？」

明明直到前一刻，學姊還帶著嬉鬧的調調……

即使如此，她仍戳到了惠邊哭邊責備的同一個痛處……這個人還是一樣讓人無法掉以輕心。

不過……

「總之，我已經決定了。我絕對要將妳們兩個的商業出道裝點得風風光光。無論是在業界或社會上，都別想忽略掉妳們！」

「倫、倫也……」

就算這樣，我仍不停止擺爛。

「剔除掉紅坂朱音，就只有我辦得到這件事……既沒有誇大，也沒有故弄玄虛，其他人真的都無法勝任。」

「不，沒有那種事……要跟馬爾茲交涉，我也做得到。不，就由我來談。」

「等、等一下啦……霞之丘詩羽？」

而詩羽學姊也沒有停止否定我的決斷。

「吵架就交給我……想玷汙我的作品，我會讓他們後悔莫及。基本上，可以玷汙我的就只有倫理同……」

「目的不在吵架啦！我會以積極和解為目標！」

「妳趁亂說些什麼啊！」

所以，為了讓詩羽學姊安靜（不是指她開的黃腔），我從手邊的紙袋把出差的伴手禮（王牌）拿了出來。

「何況詩羽學姊，妳現在沒有空閒忙那些喔……」

那疊被「啪」地扔到桌上的厚厚一疊紙上，貼了五顏六色的大量便條。

而且，貼了那些便條的地方，還用五顏六色的筆添了各種不同的註記。

「這是什麼？」

「劇本的修正指示。總之這還只是開頭而已，明天一天內要改好。」

「什……！」

沒錯，這正是我在商業領域的頭一項成果。

為了實現「我心目中的」勝利條件，踏出的第一步……

「嘿～嘿～東西被打回票了～」

「既然參與不了話題就給我安靜，妳這路人女角！」

「啥！」

……糟蹋了我最有表現的一幕，連解說員都稱不上又只會瞎起鬨（英梨梨）的人，遭到疑似忍無可忍的詩羽學姊厲聲喝斥。

以前，我曾經說惠的定位是「英梨梨的朋友B」，但提到目前的英梨梨，感覺待遇已經差不多變成「英梨梨的朋友B的朋友E」了，這是錯覺嗎？

這傢伙做人的基本能力，該不會全被作畫天分吸收掉了吧……

「我沒有辦法……應該說，除了紅坂小姐以外，沒有人能用她那種方式搏鬥（硬拗）。」

唉，現在先不管那個其實位於戰場正中央，卻毫無自覺的局外人，我這次改用開導的語氣向正在用苦瓜臉，瞪著貼滿便條的文件的詩羽學姊說。

「那種任性的作法，沒有像茜一樣的實績及才能，還有信念與熱情就不可能辦到吧。」

「但是，我在信念與熱量方面不會輸給那個人……不，要是輸掉就不像話了。」

「……或許是吧。」

疑似對朋友有一點偏心的町田小姐這麼插嘴。然而，我盡己所能地抵抗給她看。

……當下是如此，在幾個小時前的大阪也是如此。

「我希望妳確認看看。詩羽學姊，那些修正指示對霞詩子來說，是完全無法接受的嗎？」

「你等一下……內容太多，我無法立刻判斷。」

面對馬爾茲頑固的強硬態度，我帶著跟紅坂小姐差不多的信念與熱情去對抗。

然而，我並沒有跟她一樣，發揮出絕不讓步的力量來痛宰對手……呃，先不提我想做也無法做到的這一點。

「那些修正是『讓步後』的部分。為了保住絕對不可以更動的橋段，我跟對方做了『交易』。」

「呃，就像給稅務署的『伴手禮』啦。ＴＡＫＩ小弟向對方保證會改掉這些部分，讓對方在我們真正想堅持的部分做出讓步，大致是這樣。」

沒錯，我發揮了她完全不具備的「肯讓步的能力」。

在桌上攤開紙張，花費三個小時，跟對方總監討論的內容是「假如我們做了些什麼，你們肯做些什麼？」這種挑戰極限的交易談判。

既然之後提出的素材處理不完，就來審視現有素材的優先度，將已經存在但優先度低的東西刪掉，替新收到的東西騰出空間。

比方說，將整體看來不太醒目的配角戲份及台詞統整起來，刪減配角總數的修正。

或者為了減少戰鬥場景的關卡數，讓角色說話找理由在同一個地方戰鬥的修正。

或者一一確認尚未收錄的台詞，將重要度低的內容漸次刪減的修正……

「我還是不能接受……這樣的修正我難以接受。」

「哪個部分？」

「……要修正的量。倫理同學，你要叫我在短短一天內完成這些？」

「上次小詩的文章被紅筆修改這麼多，已經是《戀愛節拍器》第一集的事了呢～」

「量以外呢？內容有沒有無法接受的地方？」

「…………………並沒有。」

「好耶！看吧，町田小姐，我就說嘛！詩羽學姊的底線是我最清楚！」

沒錯，不過相對地，從以前就讓對方面有難色的那些「略顯失控」的描述，我絲毫沒讓步。

對於牽涉故事根基的修正要求，我搖頭搖到脖子都要斷了。

即使和故事無關，凡是有「霞詩子作風」的描述，我絕不讓他們刪除。

我亮出了「既然我們讓步這麼多了，你們也要跟著讓」的理論。

「你……你這……倫理……！」

「……咦？啊、啊啊啊啊～！」

「你分得出小詩對劇本的底線，卻好像不清楚在現實中惹火她的底線呢……」

……唉，我努力得到的報酬是被金剛爪掐頭，以角色來說不太能讓人接受就是了。(又不是環○)（註：指戀愛遊戲《To Heart2》的姊系角色向坂環（環姊））

「好～～……那麼，接著換英梨梨的部分！」

「咦！」

一分鐘過後。

當詩羽學姊握力耗盡，總算讓我取回頭部自由後，我改對待在房間一角的英梨梨搭話，把她叫來身邊。

從剛才就只會窩在房間角落，一面看我們互動，一面做出微妙反應耍寶的窩囊金髮雙馬尾，在帶著欠缺當事者意識的呆愣表情碎步湊過來後，露出了讓人忍不住想辯解「不會欺負妳啦！」的受虐表情，戰戰兢兢地探頭看向我。

「關於英梨梨的原畫，沒有什麼修正指示。妳把剩下的圖嚴謹地畫完就行嘍。」

「這、這樣喔，太好……」

「……不過，截稿期限要提早一個星期。」

「咦咦咦咦咦咦咦～！」

……雖然我還是在欺負她。

「安啦，只要守住一天兩張圖的步調就沒有問題！以往妳『也有』趕得出來的時候嘛！」

「問題可大了！交稿期限太吃緊了吧！提前一星期截稿，你是想做什麼啊！」

唉，其實把本週末的死線延後了兩星期之多的我很希望得到誇獎，但她不曉得原本的慘狀，會有這種反應也無可厚非。

「我要妳在那一個星期內，為劇情ＣＧ做最終調整。馬爾茲的ＣＧ團隊一樣要拚，不過最終的品質是由妳負責。」

「什……」

話雖如此，我絲毫不打算放寬期限。

「以往妳對他們交出來的ＣＧ都只會抱怨吧？行啊，妳自己修。我得到允許了。」

「可是只有一週耶！」

「不然原畫再提早一星期交稿，妳就有兩週可以運用嘍！那樣的話要一天畫四張。」

「什、什什什什什……」

雖然四張是嚇唬她的，不過提前一星期已經是對方開出的最鬆條件。

畢竟在英梨梨堅持退回重畫的要求下（有紅坂朱音百分之百支持），馬爾茲的ＣＧ團隊早就疲憊不堪了。

我曾經聽製圖組長親口含淚哭訴：「照目前的體制，沒人扛得起更高的作業量及品質。」真希望有人能用一百字以內回答我當時的心情。最好是由英梨梨。

唉，正確答案是……當時我只能回答：「往後柏木老師的意見會由我們這邊做婉轉修飾！」還滿心愧疚、無地自容地不得不向製圖組長下跪賠罪。

「倫理同學……再怎麼說，這樣風險會不會太大了呢？照這樣下去，澤村既無法完成遊戲，也無法從高中畢業，還會淪為只是仗著家裡有錢，就聲稱自己可以留在家幫忙家務的無業人士喔！」

「我起碼會從高中畢業啦！妳以為我是為了什麼才考進要捐多少錢都可以的私立學校！」

於是，不清楚馬爾茲方內情的詩羽學姊，就打算挑釁……呃，就打算擁護英梨梨。

「那就沒問題了……詩羽學姊，其實從下週起也有安排新工作給妳。」

「……你說什麼？」

然而，現在不是讓她消遣別人……不，讓她擔心別人的時候……

「來，這是宣傳資料。還有這是玩家說明書。然後，這是錄音劇本。」

我又從剛才的紙袋裡頭，拿出比之前更厚的三疊文件，啪！啪！啪！地堆到桌上。文件已經高到坐在椅子上會無法看見桌子對面的臉孔。

「……這是什麼意思？」

「其實呢，這些根本還沒有完成……所以之後就交給學姊嘍。劇本會在明天內改完，所以後天可以排進這些工作吧？」

「…………我在問，你這是什麼意思！」

「啊，抱歉，我說明得不夠。只有錄音劇本是完成的，所以妳要帶著這個到配音現場執導。

日期和地點會在之後寄信通知。」

「…………………」

順帶一提，這肯定是合約裡沒有的工作，學姊原本是不用接手的。應該說，接了會造成不少問題。

不過，對於這種灰色地帶也糊弄了事，是這個業界的優點……不，壞習慣。

「我也讓馬爾茲接受了許多無理的條件！所以拜託啦！我們也要分攤！」

「妳看～現在妳曉得非TAKI小弟不可的理由了吧？我身為編輯，實在無法像這樣逼迫寶貝的作家。」

有時候，聽說也有不管我……呃，不管作家怎麼找藉口，還是會機械性地一再連喊截稿日的編輯。但看來町田小姐似乎不屬於那種類型。

呃，先不管這些……總之，這就是我的對抗方式，我的勝利條件。

為了將不能讓步的東西堅持到底，可以讓步的部分就讓步到底。

為了不拖垮實際製作遊戲的那些人的工作意欲，不能以力服人，要用言語及熱情讓他們接受。

用如此吃緊的調整方式，將《寰域編年紀XⅢ》導向最佳解答。

「盡可能讓成品貼近」紅坂朱音最終所要的形式。

或許，要百分之百反映她的意思，讓馬爾茲見識到地獄才能成就真正的神級遊戲。

可是我……不，現在的我，既沒有本領也沒有膽識達到她的境界。

現在的我……只具備將不合理的要求，硬塞給自己能拜託的唯二創作者（霞詩子和柏木英理），靠她們賣命製作神級遊戲的能力……或者說人脈，或者說只敢指揮熟人的性格。

「拜託妳們……英梨梨，詩羽學姊。」

因此，現在我只能像這樣下跪拜託她們。

「請妳們兩個合力，幫助我成為男人！」

「…………」

「…………」

「……咦？」

※　※　※

「……唔～我還以為妳們會爽快答應的。」

「要怎麼解讀才會得出這種獨惠己身的結論呢？倫理同學，我真想看看你的腦袋，裡頭肯定是薔薇色的吧。」

「假如ＴＡＫＩ小弟的腦袋裡不是薔薇色（做遊戲）而是桃色（玩３〇），或許還有希望呢！」

從我發表一生一次的「一起來做神級遊戲吧！」宣言過了十分鐘。

結果，會議產生糾紛，並未做出結論就結束了……

除了一個人之外，我們幾個目前就像這樣留在會議室，一面喝著罐裝咖啡，一面召開反省會。

「的確，我有料到詩羽學姊多少會抗拒，但我以為英梨梨應該滿ＯＫ的耶。」

沒錯，詩羽學姊會抗拒是可以預見的。

她會訴說自己有多辛苦，抨擊我的計畫有多莽撞，在發飆後動手動腳。

即使如此，到最後仍會一面嘀嘀咕咕地抱怨，一面不情不願地答應，結果盡心盡力地為我付出，到這裡為止都屬於樣板化的反應……要是說了這種話會讓她質疑：「你說誰是好哄的女主角？」並動手動腳，所以我不會說出口。

「你說澤村滿ＯＫ……我才想問，你那是怎麼解讀出來的？」

「……是嗎？」

然而，英梨梨卻感覺跟平時不同……

當詩羽學姊快要照平常的套路講出「拿你沒辦法」時，英梨梨只丟了一句：「抱歉，讓我想一下。」就匆匆回去了。

而且我問：「要不要送妳？」她也說：「不必，我搭計程車回去，所以不要緊。」然後就落寞地獨自離開……呃，彼此家裡的距離頂多只跳一次計費表，所以她肯讓我一起搭車的話是有惠於我就是了。

「倫理同學，你打算讓澤村重蹈去年的覆轍？」

「這……」

光聽見「去年的覆轍」這個詞，就讓我想起了揪心之痛。

我們那款「原定於」冬COMI推出的遊戲，曾趕著要在十二月完成母片。

那次英梨梨正是被逼到要用「一天兩張」的步調作畫，就在那須高原的別墅閉關工作，灌注自己的全副精力畫出了「奇蹟的七張圖」。

……接著就搞壞身體病倒，母片沒能如願完成。

當時的事情更導致她陷入低潮期。

而在英梨梨復活的同時，她離開了社團。

「倫理同學，澤村是不想留在會寬待自己的環境，才會離開你，離開社團。」

「她是為了挑戰水準更高的地方。我也覺得那樣很好。」

「可是，現在又要跟你一起製作遊戲……願意寬待澤村的地方，回到她身邊了。」

「這次我不會寬待她了。因為是在替別人的作品做事。」

「但她不是能簡單分清楚這些事的女生吧？」

殘留在罐底的咖啡早就涼了。

沒被熱度掩蓋的苦味，格外殘留在舌尖。

「她的心裡還抱持著喔！困惑、疙瘩與……」

「我已經沒有那種疙瘩了。」

不知道是詩羽學姊打住了「與……」後面的話，還是我打斷了她，句子斷在微妙的時間點。

「英梨梨也已經不是一年前的她了。無論是畫技、速度，就連魄力都成長得與那時候無法相比了……」

不知不覺中，會議室裡沒了町田小姐的身影。

「所以她辦得到的，一定可以。」

只有我跟詩羽學姊異於平時，不含笑料的正經對答仍在持續。

「你又如何呢？對於再次跟她和我一起製作遊戲，不會覺得有疙瘩嗎？」

「一開始，或許是有……」

我忍不住露出有些直率，同時也感覺得出有些怨恨的苦笑。

「不過我知道……反正開始著手以後，我很快就會感到快樂，感到振奮……然後沉迷於其中。」

不過，揚起的嘴角立刻就舒展開來，逐漸變成恍惚的微笑。

「那樣好嗎……？社團那邊沒問題嗎？」

「不可能沒問題啊。等這邊忙完以後，我會拚命補進度。」

「……你已經跟加藤學妹講過了嗎？」

「嗯，一開始就講了。」

詩羽學姊大概曾想像過我陷入窘迫的模樣……

而聽到我馬上做出的回答，她露出了困惑的神色。

「然後呢？」

「當然讓她氣壞了。現在也還沒有得到原諒。」

正因如此，我要回社團肯定也不容易，想到之後的種種麻煩事就覺得頭痛無比。

「但我不會放棄……這次我一定不會放棄，我有自信。」

……然而，我從剛才就保持著微笑。

「我無論如何都會求得原諒，再回到社團……」

我的那副表情既奇妙又滑稽……

「然後，我會做出最棒的美少女遊戲，我有自信。」

詩羽學姊換了張心疼的表情，一直望著我。

於是，幾秒鐘後。

「喔～原來是這樣～」

詩羽學姊像惠一樣，對我做出淡定溫吞的反應。

「看來，你下定許多決心了呢……倫也學弟。」

我不知道什麼叫「原來是這樣」，也不知道是下定了什麼決心……

正確來說，是我沒有完全掌握到詩羽學姊從我身上看出了什麼。

即使如此，從她語氣中的微妙差異，我體會到的只有一點——那就是自己沒有嚴重走偏。

「那麼，我明白了……澤村交給我來說服。」

「……可以嗎？」

「我會設法在今晚內談妥。我會設法做給你看。」

「詩羽學姊……！」

不知道那是學姊對我的理解、信賴還是傻眼，或者以上皆是。

「所以從明天起，就跟以往一樣……」

「不，相隔一年，我們的團隊再次集結了。」

第七章　女生的**獨白**很可愛，但男生的**獨白**很不入眼吧

「我說啊。」倫也

「剛才我有到A班露臉。」倫也

「妳注意到了吧？」倫也

「呃，我懂妳想講的意思。」倫也

「不過，昨天有了不少進展，我想做個報告……」倫也

「放學後……不，午休時間也可以，妳能不能來視聽教室？」倫也

星期五，早上八點多。

久違的豐之崎學園三年F班教室，跟我以前來的時候（才三天前就是了）一樣熱鬧。

「嗨～倫也，好久不見了耶！要畢業沒問題嗎？」

「與其擔心出席天數，真正的知心好友應該要先關心身體狀況吧，喜彥？」

當我在有點久違的教室裡，像某個隱形女主角一樣把玩智慧型手機時，用於說明狀況正方便

的同班同學上鄉喜彥，一如往常地過來打招呼了。

「的確啦，你連續請假兩天是滿稀奇的。該不會得了流行性感冒吧？」

「不，我不是因為生病……算啦，就當成流行性感冒好了。」

「就當成……流行性感冒好了？」

「你不要過問太多。距離沒有拿捏好，是會染上流行性感冒的喔！」

就算特地跟這傢伙說明複雜的隱情，也只會讓他幸災樂禍，沒有任何好處。我決定把這兩天有笑有淚又異想天開的冒險故事封藏在心裡，勉強扮成虛弱多病的御宅族。

「雖然感覺不太懂，但是算了，無所謂……咦？這麼說來，目前澤村同學剛好也是因為流行性感冒而請假……」

「那就當我得了諾羅病毒。」

「……當你得了是什麼意思？」

跟好不容易封藏的冒險故事登場人物用病名串在一起，也會惹來多餘的詢問，所以我在三秒鐘內讓虛弱多病的身體振作起來，決定硬是扮演食物中毒的御宅族。

不，也沒有必要扮演御宅族吧。

唉，先不管那些了，被喜彥一說，我看向隔壁座位，發現英梨梨的桌子今天依舊空著。

……嗯，在目前這種工期超吃緊的狀態下，要是她還充滿活力地上學努力聽課，那也很令人困擾。

話雖如此，既然今天沒辦法見到面，到頭來還是會有許多讓人掛心的部分。

沒錯，比方說昨天詩羽學姊跟我約好「會設法在今晚內談妥」的事情怎麼樣了……

「算了，話說倫也……」

還有，說到三天沒來上學，另一個最大的未解問題是……

沒錯，我稱之為「加藤惠邦交斷絕問題」（相隔七個月的第二次）。

今天早上，我比平常早了約十五分鐘到學校，然後急著趕到三年A班，而非自己的三年F班。

假如想見的人不在那裡，我原本是打算直接折回校門，等對方到校時搭話。

但傷腦筋的點在於她……加藤惠肯定是為了先發制人，比平時來上學的時間提早了十五分鐘……以上，而且已經窩在教室裡，像是刻意地攤開教科書預習。

「倫也？」

當下會有「既然要找的人在眼前，請別人把她叫出來不就好了嗎？」這種想法的，就是對我不夠了解的外行人。

平常暫且不論，現在我跟她保持著這種彆扭的關係，就不敢勉強做出那麼厚臉皮的舉動。

非得要精確掌握到我們目前的友好程度，以及潛藏的炸彈大小，才能施展出宛如美少女遊戲資深玩家的妙招。

惠真的成長了……朝著對我來說棘手萬分的方向成長。

「喂，倫也！」

「咦？啊……怎、怎樣？」

「你怎麼了？忽然擺出嚴肅的臉色都不吭聲……」

「沒有，沒什麼……」

「噯，假如你有什麼心事，可以找我商……」

「不，不必了。掰啦，喜彥。久久上工一次（上次登場是在第八集），辛苦你了。你可以退下嘍！（你在十二集的戲份也結束了）」

沒錯，這時候就算坦白說出煩惱：「實際上就是事態嚴重啦。」只會讓這傢伙幸災樂禍，沒有任何好處。我決定把兩天前有修羅場、有淚水而胃痛糾結的人生劇場封藏起來，敢於扮演悠悠哉哉的御宅族。

「……感覺你剛才好像冷漠到極點地把我切割掉了，是我想太多了吧，知心好友？」

看來我的知心好友，似乎沒有體會到我付出的心思。

※　※　※

「唔唔……」

就這樣，久久沒有聽的課順利上完，放學途中，一如往常的偵探坡。

明天起就是週末，平時應該會雀躍浮動的心情，如今卻莫名消沉。

為了保險起見，午休時間和放學後，我都在視聽教室等了三十分鐘左右。

然而，留著鮑伯短髮的制服少女始終沒有在任何一個時段現身，還在不知不覺中從教室裡消失，讓我見識到惠久未展現的高超隱形性能。雖然我沒有見到本人。

她的技術完全沒有退步耶……先不論那是否是好事。

而且，不只是人沒有來，另外還有一個問題……

「依舊未讀嗎……」

今天早上用LINE傳的訊息，到現在仍然沒有已讀標示。

上次冷戰時（第七集第三章），她至少還肯讀郵件的說。

她不讀訊息，我找的藉口……呃，賠罪的內容就無法傳遞給她，想法也無法傳達……

話雖如此，假如要實際交談，坦白講我並不知道自己該傳達什麼樣的想法才好。

「我回來了……」

從玄關沒有傳出迎接的招呼聲。

爸媽似乎依然不在家。

我一面打開昏暗走廊的燈，一面爬上樓梯，走進房間以後，這次換成對裝飾於櫃子與牆上的寶貝們（模型與海報）告知自己已經到家了。

「我回來了。」

「啊，你回來了。」

只有房間裡還開著燈，因此我省去了在黑暗中摸索開關的工夫，匆匆脫掉制服的外套，掛到衣架上。

接著解開白襯衫的釦子，卸下長褲的皮帶……

「喂，不要在女生面前突然脫衣服啦！要換衣服到外面去換，去外面！」

「啊，抱歉……」

由於情況跟平時不同，我搞錯步驟了。

我抱著上下成套的體育服和衣架來到走廊，然後走下樓梯，進入盥洗間，把門關上。

然後，煩惱要把脫下來的衣服掛到哪裡……

「…………？」

總之先趕緊穿上體育服，將制服與白襯衫挾在左右兩邊，然後走出盥洗間。

我就這麼立刻往樓上衝，速度和下樓梯時全然不同。

在房間的門被我順勢打開後……

「妳為什麼會在這裡～～～？」

我朝著穿了一身運動服，在我書桌上專心努力地畫插圖的金髮女吐槽。

此外，以前我也做過一模一樣的舉動（有四行內容是從第二集第二章複製貼上的），這點要保密。

「你回來了，倫也。」

「英梨梨……」

對我捧哏的吐槽毫不動搖，還再次問候「你回來了」的是……

先不談以前，時至今日，以今天來說是個意外的人物。

「噯，倫也，你不要一直杵在那裡，幫我把這邊的草稿和掃描器沾到的髒東西清理乾淨，拜託！」

「妳怎麼會……」

畢竟自從英梨梨最後一次來這個房間，已經隔了半年以上。

何況我們會變得如此疏遠，其中就是因為有相當的事由……

「沒辦法啊！一天兩張圖，我一個人弄實在太趕了！真受不了，就是因為你連哄帶騙要我畫才會搞成這樣……」

「可、可是，昨天妳……」

更何況，英梨梨昨天才對我提議的趕工計畫做出消極……應該說，做出懦弱的回應。

「沒辦法啊！誰教、誰教我是……」

然而，現在的英梨梨卻與昨天的她判若兩人……

還把我那些多餘的用心、貼心及其他心思，都用一句「沒辦法啊！」解決掉了。

「誰教我是『柏木英理』！」

不過，直到我明白她最後那句話的含意……

不，後來到最後，我還是沒能明白就是了。

※　※　※

「所以我說過了吧？『澤村交給我說服』。」

「……妳施了什麼魔法啊，詩羽學姊？」

之後，過了一個小時。

簡直像事先講好的一樣……應該說，肯定是跟英梨梨事先講好的詩羽學姊，也出現在我的房間。

不知不覺中，她就動作熟練地在桌上攤開筆記型電腦與資料，逐漸構築出自己的作業環境。

「人都到齊了，那我們就開始吧。」

「開、開始什麼？」

「那還用問。決定我們三個分攤的工作、確認交稿期限和實際動工……」

而且，她還是執意忽略我剛才的問題……

「妳是指……」

「沒錯……來製作神級遊戲啊。」

如同昨天的預告，詩羽學姊高聲宣布「相隔一年的團隊再次集結了」。

※ ※ ※

夜已深，窗外狹窄的院子裡也開始響起蟲鳴時。

「但是我重申很多次了，單在故事和角色圖像方面，希望能以我們的判斷為重……」

「澤村，來一下，我想要妳確認這邊修正的劇情。」

「哪邊？」

……然而在房間裡，轟然響起的是三個人吵鬧的聲音，根本沒有空隙容納那種風雅的音韻。

「我並沒有叫你們犧牲遊戲的品質，你們可以製作得盡善盡美。只是為了圖與故事的品質，我想拜託你們用『再短一點的時間』做到盡善盡美。」

「這個戰鬥場景……現在瓊安的武器不包含長槍類了，我想會跟之前指定的角色姿勢變得不一樣……」

「嗯~對耶，也許確實需要變更上半身的構圖……」

「妳是不是已經畫完了？」

英梨梨處理剩下的原畫，詩羽學姊修正劇情。

然而，作業已經進入最終階段。幾乎沒有可以獨力推動的部分，互相介入彼此負責的範圍，研發作業鬧哄哄地進行下去。

「是的，是的……如你所言。紅坂小姐就罷了，前川先生信不過兩位新人也是合理至極的主張……」

「嘖……」

「嘖……」

「喂！妳們兩個不要把咂舌聲傳過來……啊，不是，我在跟我們的人講話……」

「……看、看來妳運氣不錯。那部分的作業量比較多，我剛好排在後面。目前只畫完草圖而已。」

「是、是嗎，該說妳拖得妙，還是該提醒妳作業量多的圖堆到之後會卡住，值得深思呢。」

至於我則全力投入支援，好讓那兩個人能充分發揮本領。

對於昨天開會敲定的交稿期限延後一事，馬爾茲的負責人好幾次想要再議，為了把人趕回去，我正在電話口搏鬥。

「是的，是的，所以我深切了解，前川先生你們是在為遊戲的部分製作精彩內容……」

「可是，紅坂朱音把目前的遊戲系統和那個總監都罵得一無是處耶。」

「據說做出基本遊戲系統的，根本就是已經離職的前作班底。而那個叫前川的人只是想靠過去資產賴活的無能之輩……」

「妳們不要在我談重要事情時一直干擾，忙妳們的啦！」

……雖然有時候會被自己人從後面捅刀，但是認真就輸了。

※　※　※

夜又更深了，日期往後一天，多數人應該都已經停止活動的深夜與清晨之間。

「……你在說什麼？」

「果然不對勁。倫也，你的腦袋不對勁喔！」

「咦～」

製作遊戲的我們起了爭執。

話雖如此，實際上，昨天一天的進度相當順利。

我對她們兩個訂的工作標準──「一天兩張原畫」和「處理目前收到的劇情修正指示」，都在日期改變前確實完工了。

……雖然頭一天就延宕也不像話就是了。

所以，我們起步得如此順利，卻立刻像這樣為了方針起爭執的背景是……

「為什麼我們連劇情演出的方案都要幫忙想呢？」

「而且，你還要我們把目前就很吃緊的工作期程進一步提前！」

沒錯，是因為我提出了「在昨天還沒有講到的」的新任務。

「不、不是啦，其實這些部分至今也不是馬爾茲在弄，都是由紅坂小姐一手包辦……而且她擬的演出內容，細到連角色表情也全部有所指定。」

「什……」

「那、那、那……那個犯神〇病的外包企畫～！」

「啊～不，妳們也不能說別人。」

順帶一提，據說有的外包企畫公司會在接到業主的委託電話時，就先說：「我們做事很任性的喔～」碰到那種人最好小心點。

好啦，先不管那些，其實這項任務正是紅坂朱音在病床上，直到最後都堅持要「親自處理」而不聽勸的部分。

換句話說，只有這個部分不是為了減輕對方的負擔，而當成交易籌碼接手處理，而是單純「不能交給對方做」才由她接手。

……現在她把工作交給我們，希望這項決定不是因為腦部有後遺症造成的。

『你們就用「cherry blessing」的調性去做。那算是次善之策。』

即使如此，把這斷言為次善而非上上之策，就是她傲嬌……呃，傲慢的地方了。

不過，總之呢，有能力那樣處理的人，確實只有最能駕馭霞詩子與柏木英理……而且比紅坂朱音駕馭得更好的我而已。

……不，只有我和「另一個人」而已。

「那麼想弄的話，你自己一個人弄不就好了！」

「是啊，那確實不是創作者該對總監說的話，不過由創作者對創作者說就沒問題。」

「有能耐的話，我當然會做啊！假如我一個人就可以弄出紅坂朱音那種等級的演出！」

話雖如此，我在病房立下的那些熱血誓言，自然不可能打動當時不在場的人。

「不過，我先聲明，這些真的要有紅坂朱音的水準喔！畢竟負責驗收的就是她本人喔！她可是或許由我們三個合力都贏不過的對手喔！」

「咦～假如是比不限作畫時間的彩稿，我可不會輸給那種漫畫家喔。」

「要比情境敘述和限用長台詞的劇情，我絕對不會輸給那種漫畫家。」

「不要跟她比範圍那麼狹窄的事啦！要比健康，我也不會輸她啊！」

唉，其實她們那樣也相當厲害就是了，但現在總不能讓她們用那種局部性的優劣轉移焦點。

「可是，就算你那麼說，誰管她啊……」

「找別人處理事務，不也是企畫指揮者的重要工作嗎……」

對於她們的主張，我確實百分之百認同……只要我沒看見她們那副排斥的表情。

「那我先將紅坂小姐說過的話，逐字逐句地轉達給妳們喔。」

雖然紅坂小姐有叮嚀過我，絕對不可以洩漏出去，不過，弄成這樣也不得已了。

「『要是把演出交給那些人的低能品味去處理，霞的風格與柏木的筆觸再美好都會被糟蹋掉。你能容許那種荒謬的事情發生嗎？』她是這麼說的。」

「…………」

「…………」

啊，兩個人都安靜了。

※　※　※

From:「安藝　倫也」〈T-AKI@○○○.○○〉

To:「加藤　惠」〈megumi-kato@○○○.○○〉

Subject:到昨天為止的狀況

晚安。

……我這邊現在是清晨了，應該說早安。

呃，用LINE傳訊的話，會惦記妳有沒有讀。

掛懷著那些對心理衛生不好，因此我還是像以前一樣寄信給妳。

話雖如此，也不是叫妳非讀不可就是了。

不過，用寄信的，我就不會惦記有沒有傳達出去，

可以順暢地寫出自己的想法，所以選用這種方式而已。

假如妳不想讀，不讀也可以喔。

……不過，或許妳會覺得有空寫這些還不如去寫劇本，

要是有諸如此類的話想吐槽，那就麻煩回信給我……

※　※　※

「呃……從哪個部分寫起好呢……」

如同我在郵件開頭所寫的，現在是星期六早上六點半。

能清楚看出外頭天氣晴朗的明亮陽光，正從窗簾縫隙照了進來。

忙到這個時間，我們三個的腦袋也實在無法好好運作了……

目前，詩羽學姊正在浴室。

先沖過澡的英梨梨則躺在床上小睡一下。

而在這個有如中空地帶的空閒時間，我就……

※　※　※

我現在在自己的房間。

英梨梨和詩羽學姊也有來，一直都在忙《寰域編年紀XIII》的工作。

我還是要上學，所以預計會在星期日晚上解散。

英梨梨從星期一開始，應該也會留在自己家裡繼續工作。

詩羽學姊肯定也會跟著換到英梨梨家閉關趕工。

然後，我在平日晚上應該會去過去幫忙……應該說，檢視她們的進度。

我想到時候會在英梨梨家工作。

呃，因為如此，抱歉。

如同之前所說的，我暫時會守著這邊的工作。

時間……會比之前講的十月第三週縮短一個星期。

目前來看，要忙到十月第二週。簡單說，預計要再兩個星期。

不過，時間縮短一些，我犯下的罪狀是否會跟著減輕之類的，

我倒是沒有這麼想過。

總之，先跟妳報告正確的期程安排。

※　※　※

我苦思著從零……不，從今天開始寫給惠的定期報告內容。

寫得太詳細，會顯得「這只是在報告狀況，表達不出心意」；語氣寫得太過一如往常，又顯

得「這樣完全沒有在反省」。

因為如此，為了把狀況與心意均衡地轉達給惠，在口語及書寫用詞的斟酌上很重要。

呃，仔細一想，這在寫劇本時或許也是重要的觀點。

想讓玩家看到什麼，想讓他們產生什麼樣的心情。

也就是……我想對惠表達些什麼，想讓她有什麼樣的心情。

即使寫的是一樣的事情，換個寫法，給人的印象就完全不同。

所以，無論是劇本……還是這封郵件，都要花下細密的心思才可以。

※　※　※

可是，可是呢……

雖然對妳過意不去，但我目前正在經歷非常不得了的體驗。

畢竟，我參與的可是出名的《寰域編年紀》喔！

或許妳聽不出有多厲害，但是在我們長大懂事以前，《寰域編年紀》早就是名氣響亮的大作了喔！

像它的第一代已經沒有主機可以玩了，
甚至還出了重製版，《寰域編年紀》就是這樣的作品喔！

英梨梨和詩羽學姊會為此動心，我也完全可以理解。
倒不如說，以往雖然可以從感覺來理解，不過，像這樣降臨在自己身上以後，
會覺得簡直太不現實了，心情就像成為故事的主角一樣。
……希望這不會演變成最近流行的黑心企業情節就好。

還有，明明經歷了這麼棒的體驗，
在我心裡，卻覺得還有更厲害的一點。
畢竟，我又在跟英梨梨、詩羽學姊一起製作遊戲。
我以為自己再也得不到，要花好幾年才能拿回來，
心裡都已經有所覺悟的事物，卻在今年再次如願了。

當然，和出海、美智留、伊織他們一起做遊戲是最棒的。
我們在今年的冬COMI，絕對會做出最強的美少女遊戲。

不過，和英梨梨與詩羽學姊製作遊戲……

就算現在我們不在同一個社團，

我還是沒辦法否認自己很開心。絕對沒辦法。

畢竟，她們是頂尖的創作者啊！做的是商業遊戲啊！

是柏木英理和霞詩子啊！

儘管這是偶然，這是奇蹟，我無法說自己不高興。

現在我覺得，上天真是惠我良多……對不起，惠。

※　※　※

「唔……」

我一面敲打鍵盤，一面想在咂舌的同時擺出苦瓜臉……

但是，我克制不住令人噁心的笑容。

嘴上說著要把狀況與心意均衡地表達給對方，結果，我卻克制不住情緒，感覺就快變回「一如往常的熱血調調」。

不過……唉，算了。

※　※　※

我真的覺得既懷念又開心，心情好得跟去年差不多。

我一面工作，一面一直忍著快哭出來的心情。

不過，這跟去年不一樣。

單單缺了一個部分。

原本的狀況應該和現在相反，只有那部分還留在我的身邊。

可是，現在卻獨缺了那一部分。

當英梨梨和詩羽學姊為了無聊的事情，或無法讓步的事情起衝突。

而我為此提出沒幫助的建議或無意義的吐槽時。

在房間一角，會單純待在那裡，淡定地把事情帶過的那個人不在。

我越是開心……

就越是覺得妳不在身邊，讓我好難過。

※　※　※

沒錯……唉，無所謂了。

反正ＬＩＮＥ的訊息都是未讀，就算寄信她也不會讀。

既然如此，要怎麼寫都隨我。雖然很自以為是，不過事情就是這樣。

但我不接受「那不寫也一樣嘛」的意見。

畢竟對我的心理衛生來說，這是必要的事。

我需要自己在跟惠講話，和她目前仍然有聯繫的「設定」。

那是……像這樣三個人一起製作遊戲，也無法填補的部分。

※ ※ ※

還有，我可不可以再發個牢騷？
其實我在這裡負責的職務，並不是劇本寫手。
畢竟劇本寫手已經有超凡的天才擔任。

目前我負責的，主要是在期程方面與馬爾茲做協調。
……比去年更像製作人的工作對吧？

面對在電玩雜誌的訪談照上看到好幾次，
在電玩業界極資深的製作總監，
我跟對方談了簡直不可能的談判，有時還向對方吼，
對方肯定覺得「這傢伙以為自己是誰啊？」，其實我也有同感。

說真的，雖然這是我自己要求要做的工作，但希望妳至少容忍我抱怨一句。

為什麼身為高中生的我，非得參與這種消耗神經的權力遊戲啊？

唉，我好想玩美少女遊戲！我好想跟女主角耍甜蜜！

……我好想，趕快見到妳。

※　※　※

「讀了這個，不免會讓人嚇到吧……負面意義的破壞力太高了啦。」

「『我……好、想、見、妳。』……這到底是哪一款二十世紀的美少女（青澀○戀）戀愛遊戲？」（註：《青澀之戀》）

「唔哇啊啊啊啊啊啊啊啊啊啊啊啊啊啊啊啊啊啊啊～！」

要說成事發突然……似乎是我自己大意過頭了。

看向電腦顯示的時間，目前不知不覺地來到早上七點前。

從我開始寫郵件差不多過了三十分鐘，小睡醒來的英梨梨和洗完澡的詩羽學姊早就端坐於房間裡了。

……就在我的正後方。

「這算什麼，這是怎樣……你打算寄這麼噁心的文章給惠嗎？行不通啦～！……你明明對我就沒有講過這種話。」

「換成是我，讀了三行就會趕緊刪掉並且清空資源回收桶，為了保險起見，還會將硬碟格式化呢……不過，假如是沒興趣的對象寄來的啦。」

「不是！不是啦！這不是郵件，是我在寫的劇本！」

於是，我生而為人，突然遭遇到這種攸關尊嚴的大危機，不慌不忙地……呃，雖然十分慌忙就是了，但我仍然實行了實際備有的備案。

「妳們仔細看角色的名稱！上面寫的是『巡璃』吧！」

「咦？奇怪？」

「的確……」

沒錯，那是我在短短一秒內祭出的大魔法……

將文章中的「惠」這個字，全部代換成「巡璃」的指令。

「你說……這是你們那款遊戲的劇本？」

「對啊，『blessing software』第二款軟體《不起眼女主角培育法（暫定）》的最終劇情……主角用郵件向第一女主角巡璃道歉，在個別劇情線的高潮戲碼啦！」

總之，靠著這道奇蹟的大魔法，我算是成功讓現場陷入混亂了。

接下來，只要巧妙地掩飾用魔法掃過的痕跡，直到最後都不認帳就行了。

「以虛構故事來說，我覺得實際存在的人物和團體名稱出現得頗為頻繁……」

「因為要追求真實性啊！再說，之前給妳們看的劇本裡，也有出現取名叫英梨梨（暫定）和詩羽（暫定）的角色吧！」

「既然是劇本，你怎麼特地打開郵件程式……」

「因為這是郵件內容的文章啊！為了營造氣氛，我才寫在郵件收發軟體裡面！」

「…………」

「…………」

她們兩個似乎仍然無法接受，還在重複瀏覽我寫的郵件……呃，劇本。

不過，已經沒有證據了。

我在最後有記得存檔，用復原指令也不會發揮效果，因此沒有手段能確認之前的描述是什麼內容。

話雖如此，辯稱這封郵件其實是遊戲的劇本，連我都認為自己溜得妙。

幸好我在推敲自己寫的信時，有想到「或許這可以用在跟女主角和好的劇情」……

咦？

等一下喔。

照這樣看來，該不會……？

當我正獲得不得了的天啟時……

「……哎呀，這是在寫些什麼呢？」

「咦，哪裡哪裡？」

她們兩個似乎也在完全不同的層面上，靈光一現了。

「妳看這一行……看得懂意思嗎，澤村？」

「呃～……『現在我覺得，上天真是巡璃我良多……對不起，巡璃。』……這是在寫什麼？」

「咦？」

儘管我一瞬間不曉得是怎麼回事而愣住，但我仍立刻就想到那是什麼意思了。

對喔……原來是這麼回事。

要說的話，大魔法「『惠』→『巡璃』全部代換」屬於全體攻擊指令。

那就表示，「惠我良多」的敘述也在效果範圍內……

「…………嘖。」

「…………嘖。」

「咦？咦？咦？」

第八章　咦？感覺是不是滿像要**收尾**了？

星期四，傍晚五點。

離《寰域編年紀XⅢ》劇情製作團隊所有工作的截止期限，還有十天。

「辛苦了～……咦？詩羽學姊呢？」

從學校回到家，換完衣服後立刻再出門，步行五分鐘。

走進我們在平日接連閉關趕工……不，在平日當成工作場所的澤村家以後，在房間裡的，只有依然身穿運動服又蓬頭亂髮，還戴著土氣眼鏡的冒牌大小姐插畫家一個人。

「錄音。」

「啊～對喔……修正過的劇本是從今天開始補錄音。」

而值得慶幸的是，詩羽學姊的任務似乎進入第二階段了。

既然如此，感覺暫時放她一個人比較好。

「她有抱怨過，被某人害得無謂的工作變多了喔。」

「這時候在抱怨的，我想是一直被要求重配的聲優耶……」

畢竟那個人為話劇社的劇本操刀時，也曾經是在排練過程中，把三名社員逼到離開社團的魔鬼演技指導。

不過，這次我就是看在那項實績才會派她到錄音現場，希望配音班底都能靠著職業意識，撐過她的霸凌……不，指導。

「總之，到目前為止很順利！英梨梨的原畫也有每天畫出兩張！」

在這種情況下，為了鼓舞落單的英梨梨，我努力地用快活的嗓音，快活地為她叫好……

「哪有啊！」

不過看來，那似乎成了觸怒她的特大號地雷。

「告訴你，我這邊早就積了二十張的圖要監修喔！可是因為你叫我拚命保住一天畫兩張原畫的步調，那些要監修的圖根本消化不掉！」

「……呃～我可以幫忙影印或分色層喔！」

「你在講那麼多以前，應該先自己找事情動手幫忙啦！受不了，我已經兩個星期沒有去學校了，就只有你可以藉機上學，真夠悠閒的！」

「呃，畢竟我跟妳不一樣，出席天數不夠就真的無法畢業……」

此外，提到澤村家的大小姐，據說是搬出了到英國短期留學一個月的「設定」，藉以粉飾出席天數的最後手段。

不愧是英國外交官的御宅族家庭。造假等級跟我們這種普通家庭不一樣。

「而且妳放心吧。我確實有上學，但是沒有念書。」

「……那是能讓人放心的事情嗎？」

「是啊，不管我人是在家裡、學校還是在這裡，要忙的事情都跟積得像山一樣高。」

接著，我立刻坐到桌子前，啟動筆記型電腦，開始處理累積的郵件。

「又來了五張委託妳監修的圖耶……」

「討厭，我受夠了啦啊啊啊啊！」

相隔十幾個小時打開的郵件程式中，已經積了疑似馬爾茲寄來的十幾封信，可以想見今晚英梨梨又有得忙了。

「這麼說來，前天寄來的監修委託到今天就是回信期限了，妳弄完了嗎？」

「嗯，驗收過的東西就放在那裡，你幫我回覆對方。」

「了解，我看看喔……」

順帶一提，身為紅坂朱音代理人的我，忠實地接掌了她的位置，無論事情再緊急，馬爾茲方跟我方的工作成員（英梨梨和詩羽學姊）都不許直接用郵件往來。

那是為了盡量避免她們將大腦資源花在創作之外，以提升工作的效率，以及……

「…………噯，英梨梨。」

「怎樣？」

「這句『我絲毫無法理解為什麼影子會從這個方向過來』的評語，我會改成『麻煩照指示修正這邊的陰影』喔。」

「你講得那麼含蓄，那個蹩腳的製圖人員永遠也不會進步喔。」

「不含蓄的話，他們在進步之前就會先怠工了啦……」

……像這樣，為了讓東京與大阪的工作現場能圓滑運作。

※　※　※

From:「安藝　倫也」<T-AKI@○○○.○○>

To:「加藤　惠」<megumi-kato@○○○.○○>

Subject:老樣子

今天，我正在英梨梨的房間工作。

從今天起因為有最後的配音工作，詩羽學姊去了錄音室。

意想不到的是，進度極為順利。

……唉，話雖如此，延期後的工作期程順利，或許並不是那麼值得自豪的事情。

詩羽學姊的劇本連修改的部分在內，全都完成了。

我們這邊想保住的內容，最後也都ＯＫ了。

這樣一來，毫無雜質的霞詩子風格，就能向五十萬名寰域編年紀的粉絲發威。

我現在就好期待玩家們在發售後的哀號……或許會被罵翻就是了。

英梨梨不只一直守著一天兩張圖的步調，

像昨天，她居然一口氣就畫完了三張。

那傢伙在瀕臨期限時，果然會發揮無法置信的力量。

……唉，只要之後沒有搞壞身體就完美了。

※　※　※

過了晚上十點，業務聯絡也大致上處理完畢，今天我作為「紅坂朱音代理人」的任務，幾乎可望結束了。

剩下的工作，就是見證目前在我後面默默運筆的英梨梨，達到今天的進度目標。

既然如此，我目前的存在意義是「單純待在這裡」而已。

……換句話說，接下來，終於是我可以運用的時間了。

※　※　※

上一封郵件裡，我有談到自己「正在經歷非常不得了的體驗」。

其實呢，這次的事情讓我開始稍微認真地考慮出路了。

至今為止，我是在社團出於興趣想製作東西，就實際做了出來。

不過我開始覺得，將來希望能像英梨梨或詩羽學姊那樣，在商業領域，以工作的立場製作東西。

我變得想成為創作者。

寫文章、編導及其他種種職務，雖然我還沒有決定要做什麼，
不過，包含這份樂趣、這種熱情、辛酸與苦楚，
我開始覺得，今後也希望能一直感受下去。
……雖然到了高中三年級的秋天，既不準備考試也不準備就職，
只顧著製作遊戲（還一次兩款）的人談起將來，
好像也很莫名其妙就是了。

※ ※ ※

此刻，我一天只有幾小時像這樣的寶貴時間，而我把那些時間，全部用在自己想做的事情上面……
埋首於對惠表達自己的心意。
只顧仔仔細細地說著我想談的話題。
也許那跟惠想知道的事情相差甚遠。
也許那只是我自以為是的主張，或者慘不忍睹的辯解。

不過，那肯定是我想讓她知道的事情。

我想讓在意的女生知道的事情。

身為噁心阿宅、二次元阿宅，不過好歹是個男生的我，所做出的盲目主張。

而那樣的主張，也就是我身為劇本寫手的主張……

※　※　※

這麼說來，我保證過要對妳毫不隱瞞，所以先向妳報告。

抱歉，上次的郵件被英梨梨和詩羽學姊看見了……

我本來想用那是遊戲劇本的說詞糊弄過去，但真的沒辦法。好想死。

不過關於這件事，我會坦然接受批評與責難，等妳聯絡。

還有，其實我在那時候想到某個主意，就實行了。

這封郵件，我直接用在巡璃劇本的高潮場景了。

有關私生活的部分，以及跟之前劇情統整不了的地方，我已經改掉了，不過主要內容幾乎都一樣。

主角跟巡璃鬧不和，還無法取得聯絡，在故事上沒有多突兀的「轉」發生以後，我就直接把那用在主角，對巡璃表達自己心意的場景。

※　※　※

沒錯，此刻我一天只有幾小時像這樣的寶貴時間，而我把那些時間，全部用在自己想做的事情上面……

埋首完成我們遊戲的劇本。

把我跟惠……我的第一女主角……啊，不對，把我跟「我們」這款「遊戲」的第一女主角之間發生歧見、不和、後悔、眷戀……即使如此仍無法讓步的想法，以及還是無法死心的念頭，直接猛寫出來。

寫出不像美少女遊戲，讓人找不出結論且難以辨明的感情。

寫出像美少女遊戲，有好幾種答案且值得考察的感情。

※　※　※

至今我寫的幾封郵件已經寄給伊織了。

惠、出海和美智留那邊，遲早也會收到……呃，說不定已經收到了吧？

總之，雖然遲了一點，這樣巡璃的劇本也寫完八成左右了。

接著只剩主角告白、巡璃的答覆和故事結局。

……雖然還不知道會是快樂結局，或者壞結局。

總之，因為如此，等我忙完這裡的事情，回去社團那邊時，

我會把巡璃的劇本好好完成給妳看。

所以，請妳再跟我一起做遊戲。

請妳像過去一樣協助我。

我會回社團，所以請妳也跟著回來。

※ ※ ※

再怎麼琢磨，那還是既盲目又噁心，十分有美少女遊戲風格的文體。

假如這是美少女遊戲的劇本（呃，雖然這封郵件也是美少女遊戲的劇本沒錯），女主角大多會對如此熱情的話語起反應，進而達成攻略的條件。

應該說，我寫的故事差不多都是這樣……

不過要讓伊織表示意見的話，結果那只是御宅族男生在發洩自以為是的理想，據說女生比起愛講話的男主角，本來就比較喜歡願意傾聽的主角……不對，比較擅長傾聽的男生。

何況，我的第一女主角比想像中還要難纏。

因為她不是美少女遊戲的女主角，而是三次元的女生……要這麼說也不太正確。

誰教她有時候比美少女遊戲的女主角還大方，有時候卻比三次元的其他女生還難相處。

因此，接下來無論是在二次元（劇本）或三次元（和好），都可說是未知的領域。

只要下跪就肯原諒任何事的救濟型女角已經不在了。

她是連一次選項都不能選錯，難以攻略的女主角……不，錯了。

她是選錯一次選項，就要選對一百個選項才能挽回，攻略起來非常非常非常麻煩的第一女主角。

所以無論是之後的劇本，還是之後要和好，肯定都極為困難。

不過，我兩邊都不能放棄。

倒不如說，我連放棄的意思都沒有。

誰教她是……

攻略起來如此辛苦，卻讓人忍不住攻略，魅力無法擋的第一女主角。

呃，大概吧，一定是的。

※　※　※

「…………」

「……怎樣啦？」

「沒有……我只是在休息。」

一回神，我發現英梨梨依舊坐在桌前，呆呆地望著我的背影。

看向電腦顯示的時間，日期在不知不覺中就要改變了。

看來我似乎真的很專心地在寫這封郵件……不，這篇劇本。

「難道說，妳又看見了嗎？」

「喔~你『又』寫了被看見會很困擾的東西？」

「不是啦……呃，妳要看也無妨啦。」

「…………」

儘管差點就落得和上週一樣的狀況，但我沒有像上次被偷看到時一樣鬼鬼祟祟，而是被完成一項重大工作的舒暢感包裹著，茫然地抬頭望著英梨梨。

反正我已經不需要遮遮掩掩。

畢竟，這篇文章有了要在我們製作的遊戲中用來當劇本，堂堂正正的名分。

再怎麼被人嘲笑肉麻，我也敢說：「美少女遊戲的內容就是要肉麻到讓人讀不下去。」

光是這個理由，應該就足以得到理解……

「然後呢，妳那邊進展到哪裡了？」

「今天的份早就畫好啦，你看。」

看吧，所以英梨梨也沒有表現出多大的興趣，從我的電腦螢幕別開目光後，隨手把桌上的信封袋扔過來。

「四、四張……？」

結果裡頭裝的是兩天分的成果，兼這週的新紀錄……

「驚訝什麼？你也曉得我曾經一天畫出七張圖吧？」

「雖然之後妳就病垮了，嚇得我心跳都停了。」

「要你管。」

而且不只是張數，無論畫工之細膩、構圖的大膽程度，完稿的水準都堪稱新紀錄。

「不過……妳真的很猛。」

相較於一天畫七張圖而病倒時。

相較於兩個月都畫不出一張圖而百般掙扎時。

現在的英梨梨，作畫既穩定又出色、又迅速，而且驚人。

「真不知道我是怎麼了呢。」

「哪有怎麼了，妳就是進步了吧？」

「我不是那個意思。」

「咦？」

「我在想，自己畫得出來耶……」

「啊……」

「即使有你在，即使被你看著……我發現，自己還是畫得出來。」

『倫也，我在你身邊就畫不出圖。』

英梨梨留下如此悲壯的訊息，從「blessing software」離開是在半年多以前。

但是，說出那種話，從社團中離去的愛哭鬼青梅竹馬，如今已經不在了。

要說的話，她現在還是一樣窩囊。

還是一樣吵不過詩羽學姊。

然而……英梨梨已經將柏木英理的名號，完全納為己有了。

「我是克服了嗎？還是說，現在只是因為你把期限抓得太緊，我不得不動筆……所以才畫得出來呢？」

雖然一下子太有自信，一下子又變得膽小的部分依舊不變。

「那我也不太清楚……不過，我敢說的是……」

「你敢說的是……？」

儘管如此，我跟她在這十年來，真的真的發生了許多事……

不過，在那十年之間，她走上與我不同的路。斷斷續續地有所交集。

「妳又朝天才接近了一步。」

……然而，她走的距離跟我完全不同。

「是那樣嗎……？」

「是啊。」

我如此表示支持，英梨梨就做出好像認同，又好像不認同的曖昧反應……

「嗳，倫也……」

「嗯？」

她的嘴巴開開闔闔了好一會兒，在慢慢選好下一句話後，微妙地換了話題。

「我問你喔，等這款遊戲完成以後……」

「……紅坂小姐已經病倒了，連妳也要替自己立死旗嗎？」

「我可不可以再回社團呢？」

「啊～……」

我辛苦想出來的不莊重笑點，被英梨梨不識相的嘀咕踐踏。

「假如，我已經成功克服了……即使不是在嚴苛的環境，也能像現在這樣畫得出來。」

她用輕鬆的口氣，分不清楚是認真還是開玩笑，仍然散發出迷惘。

那肯定是為了不管我說好或不好，都能淡然處之。

感覺也像是為了用一句「開玩笑的啦！」，就將話題帶過而做的保險。

「就像你說的一樣，現在的我是天才……所以，既然我能兼顧商業與同人兩邊……」

「不行。」

「……這樣啊，我想也是。」

看吧，因為如此……即使我把話說明，態度稍有畏縮的她仍回以苦笑。

雖然說，她沉默的時間長了一點點，讓我有些在意。

「基本上，那是絕對行不通的吧……因為妳會藉著這款《寰域編年紀XⅢ》爆紅啊。」

「倫也……？」

「明年以後，妳會很忙喔！因為名氣會帶來更大的名氣，讓各個業界爭相要妳。不只是電玩，像動畫人設、原創模型、開版畫展也可能附上序號，賣到一張幾十萬！到時候，妳就不是侷限在馬爾茲或紅坂朱音旗下的插畫家了！」

因此，為了填補英梨梨沉默的時間，我用太過亢奮的語氣，來粉飾自己剛才所說的話。

「不過，也要遊戲順利完成就是了。」

「當然會完成啊！我就是為此來幫忙的！」

「你到底幫了什麼忙啊？你只是一股勁地替我們增加工作吧！」

「多虧如此才能完成神級遊戲啊！妳在臨死之際會感謝我的！」

「希望至少在發售一週後，可以交出令人感謝的成績啊……」

聽到我隨便想的誇口詞，英梨梨的苦笑終於變成真正的苦笑。

「唉，總之呢……妳等著吧。」

所以我稍微放了心……然後，總算將真正的想法、真正的態度說出口。

「……等什麼？」

「等我堂堂正正、抬頭挺胸地聘請柏木英梨。」

「…………」

英梨梨變成我搆不到的創作者了。

那是我由衷期待的事，同時，也是我由衷畏懼的事。

「我會趕上妳的……所以，妳別特地回社團。」

然而，被拋下的恐懼，肯定也會成為我的動力。

所以，我不允許英梨梨停滯。

因為那會讓追趕英梨梨的我，在最後終於迎頭趕上的傳奇失色。

「等著吧，英梨梨。

我會追逐著妳，下次一定會追上妳，然後再一次跟妳一起創作。

……帶著絕對會讓妳有意願參加的企畫書。」

要不然……我在那時候放妳走，就沒有意義了。

「……所以，那要等到什麼時候？」

「呃……遲早會有那一天的！」

「真是的，在這種時候提不出確切期程，就是糟糕的總監啊！你真是的！」

「所以我叫妳等了，不是嗎？」

「……至少兩年內給我追上來。」

「那樣……會很趕耶。」

「你辦不到？」

「不過，嗯……我會努力。」

「……好。」

最後那句「好」感覺聽起來有點抑鬱……

不過，我眼前的英梨梨帶著有別於剛才苦笑的滿臉笑容，正微微笑著。

……呃，假如不看她那雙眼神的話。

「妳還真悠哉呢。我還以為妳會數著剩下的原畫張數，沉浸在絕望裡邊哭邊畫呢。」

「啊……」

當我想包含英梨梨的眼神，好好地再看一次她臉上表情的瞬間。

房門被緩緩打開，詩羽學姊帶著一如往常的毒舌現身了。

「妳才是呢，回來得真晚呢！八成是不斷被聲優點出劇本有缺陷，當場哭著修改了吧？」

接著，英梨梨的表情與眼神就像是起了反應，恰巧轉變成戰鬥模式。

「哎呀？我不會犯那種低級的失誤喔。我只是一面觀察他們的實力與戲路，一面當場調整劇本，好讓他們發揮出最好的演技罷了。」

儘管如此，會挑準這個時間點挑釁英梨梨……不，或許是援救她的絕佳時機……

這個留黑長髮的人，真的剛剛才回來嗎？

「果然還是有修改嘛，妳這個改來改去的劇本寫手。」

「不過我有如期交稿，現在的工作說起來是類似於不支薪加班喔。跟妳這種耽擱到正業，又慢吞吞的插畫家可不一樣。」

「很抱歉～幸虧今天畫完四張圖，我這邊也把進度趕回來了呢～」

「哎呀，那正好。其實配合劇本的調整，有原畫必須大幅修改。原本我在想妳似乎很忙，不知道該怎麼辦呢！不過既然妳把進度趕回來了，這八張圖的修改指示就直接……」

「妳等一下，霞之丘詩羽！修改八張圖是怎麼回事？怎麼會有八張！」

「等一下，那我也不能當作沒聽見耶，詩羽學姊！」

星期四……不，已經過了凌晨十二點，屬於No〇taminA的時段（註：富士電視台播放的深夜動畫節目總稱）。

即使如此，我們沒有把頻道轉到富〇電視台，和樂地鬥嘴。

彷彿為了享受在此時此刻降臨的，有如同學會的幸福時光。

彷彿在惋惜再過不久，就要來臨的慶典尾聲。

第九章　糟糕，主要角色差點全缺席

「啊～真的是！不是說過好幾次了，別躲起來工作！」

「……什麼嘛，少年，原來是你啊。」

星期五，傍晚四點，放學回家的週末。

來到兩週前獲准進入的同一間病房，迎接我的是在寬敞室內散亂一地的成堆素描……在病床上的，是執起鉛筆速度快得不像病人的怪物病患（對關係人士而非院方）——紅坂朱音。

「醫生也說過了吧？妳還沒有完全康復，不要逞強。」

「放心吧，這不是工作。我只是在復健。」

我一面撿起散亂在地上的素描，一面走向床鋪時，紅坂朱音既沒有停下手，也沒有轉面向我，一直專注於作畫。

「呃，這該不會是妳用左手……？」

而且，她用的是與工作時相反……而且沒受疾病影響的那隻手。

「這次的事情讓我學到了不少。假如從一開始就左右開弓，先不談遊戲，至少漫畫的部分就不用休載了。」

「不，妳要休載啦。因為那是腦的問題，不是手的問題。」

順帶一提，談到撿起來的那些素描，因為我認得紅坂朱音原本的畫風，所以水準看起來固然像是下滑了，但如果沒有抱持先入為主的觀念，還是很出色……應該說，其作畫水準要接多少連載都是小事一件。

這個人果真是神〇病。

「這樣一來，只要右手也完全康復，我就能畫出比以往多一倍的圖。因禍得福就是這麼一回事。以前我怎麼都沒有發現這麼簡單的道理。」

「住手住手拜託妳住手。」

不僅是在才華方面，原本字面上的意義也是。

「妳說……下星期嗎？」

「對，星期一總算就可以出院了。」

紅坂小姐一面用右手握著復健用的握力訓練球，一面講出好消息，臉上的表情看起來就像以前一樣充滿活力。

不過，之前也沒有多憔悴的時期就是了。

「可是妳還不算完全康復吧？」

「嗯，我想今後也不會完全康復吧。只好一輩子和這種病相處了。」

「正如妳所說，所以請妳往後在日常生活中就要好好保養身體。定期到醫院、確實吃藥，還有水分也要攝取得比以前更多……」

「我得趕快將之前耽擱的工作補回來才行。有五部漫畫要恢復連載，三部動畫的企畫，還有……」

「停停停停停！停～！」

坦白講可以的話，我希望醫院再收容她一陣子……

不過，或許院方在精神上也到達極限了。

「若妳忙得太來勁，病症復發就不是鬧著玩了吧？下次有可能連意識都無法恢復……」

「之前我也講過吧？當我變得無法創作的時候，就是我的死期。」

「即使妳覺得那樣無所謂，妳身邊的人也不會無所謂！這次的事讓我深切體會到了！」

「對了，聽說你因為這次的事情跟女朋友分手了……唉，對此我真的感到很抱歉……」

「妳從哪裡聽說的？那件事是誰說的？我跟她才沒有分手——不，也沒有在交往！還有妳要道歉的點只有這個嗎！」

不，不管怎樣，我還是希望醫院可以收容她。一輩子。

※ ※ ※

「……總之，關於《寰域編年紀XⅢ》算是『奇蹟性地』順利進行。」

就這樣，聊完一連串不溫馨的閒話以後，我從探病的安藝倫也，變回紅朱企畫股份有限公司的員工安藝倫也（沒戴眼鏡），向老闆報告進度。

「今天早上時，原畫、劇本修正與補錄音都全部結束了。雖然ＣＧ還剩幾張要監修，不過那部分也快完成了。」

「期程方面我不在乎。品質如何？」

「……霞詩子和柏木英理都表示ＯＫ，由我來看也很完美。」

……最竭心竭力的部分（期程）被一句「不在乎」帶過去，有點令人失落，但是我很好。

「把之前交出去的素材全部拿給我看。我要重新驗收。」

「請妳多相信自己發掘出來的兩人一點。」

「嘖……」

紅坂小姐大概是把自己對周圍造成的負擔，與個人的任性放上了天秤，這次就不情不願地退讓了。

事已至此，或許她對霞詩子和柏木英理的信任總算是到了那種等級。

「接下來只剩下對於劇情演出的指示，但是再兩三天就可以結束了。」

因此，紅坂團隊（暫定版）的工作即將全部結束。

假如接下來會延期發售，只有在遊戲系統方面發現嚴重錯誤；現實生活中出現與遊戲情節酷似的災害或事故；發包開頭動畫的製作公司倒閉的情況下才有可能發生。我不會說哪一項的風險最高就是了。

「剩下演出是嗎……相當重要的部分。好，那就由星期一回到工作崗位的我接手……」

「不行，NG，不准。」

啊，還有這名女帝一回工作崗位就大肆胡來的情況下也會延期，這只能靠我挺身死守了。

「那點工作，可以用來代替復健吧？馬爾茲不會牽扯進來，我也不打算跟你們大吼或者起口角。」

「另外請妳暫時別參與跟馬爾茲的討論。這部分先不提，演出這點小事請交給我。」

「我想我只要花一小時修一修，就能拿出你花八小時左右的成果喔。」

「……請妳不要講出亂精確的數字。這部分先不提，都忙到這一步了，我希望能做到最後。」

「可是，之前也占用到你不少時間了吧？再讓你多花心力……」

「因為我想不會再有這樣的機會了。」

「…………」

離完成只差一點點。

換句話說，紅坂團隊……不，離「blessing software」舊社團成員活動結束，只剩下一點點時間了。

「對了，還有我會把報酬匯給你，之後再告訴我戶頭帳號就好。」

紅坂小姐大概是理解了我的意思，沒有再深入提及，並換了話題。

「不需要啦……因為我只是個幽靈人員，還只限特定期間。」

「不，那可不行。」

「可是，這是我主動說要做的……」

「雖然是暫定的員工，但既然你是隸屬於紅朱企畫（我的公司），又履行了我的委託，不領報酬會破壞業界的規矩。所以，你就算死也得接受。」

唉，雖然我倒也不是不希望她對這種有些銅臭味的話題想點辦法。

「呃……好吧，我懂了，但是請別匯給我需要報稅的金額喔！」

「怎麼？光是同人活動的營業額就需要報稅了吧？你有掌握到伊織在忙什麼工作嗎？」

「……不好意思，麻煩妳匯到伊織的戶頭。」

……呃，雖然我真的希望能為這種充滿銅臭味的話題想點辦法。

※　※　※

「那麼，我差不多要告辭了……」

不知不覺中，我們似乎是相談甚歡，當我發現時鐘快要指向五點時，匆匆從椅子上站起身，向紅坂小姐行了禮。

「該怎麼說呢……謝謝妳，讓我經歷到許多寶貴的體驗。」

考慮到各種情況，我客氣到這種地步感覺也滿怪的就是了。

即使如此，像這樣面對她，儘管對方是個病人，其存在仍然巨大到讓我覺得那些瑣事都無關緊要。

在這麼近的距離下跟這種怪物相處，製作同樣的東西，追逐同樣的夢。一想到或許再也沒有這種機會，不知不覺中，我的全身就被緊張所包裹住。

「噯，這麼說來……我從以前就想很問你。」

「什麼事？」

畢竟，現在提這個也沒有用了。但其實，我從很久以前就……

「你該不會……是以前伊織曾經帶來社團的那個國中生？」

「…………原來妳記得啊。」

她忽然提起那件往事（參照第三集第二章），我原本有點猶豫該回答「原來妳記得啊。」還是「妳到現在才想起來嗎？」……

不過，我相信自己一輩子都不會忘記的那段獨一無二的回憶，對她來說，那本來是應該埋沒於幾千、幾萬場的邂逅之中。

「我記得啊……畢竟，那可是第一次。」

「什、什麼第一次……」

畢竟，當時的我毫無能耐，只是個由熟人介紹的熟人，還在讀國中的御宅族。

畢竟，她從那時候就已經是席捲業界的天才創作者……

還幾乎讓所有作品都改編成動畫，而且每部都爆紅，堪稱跨媒體的寵兒。

可是，她居然……

「那是第一次……有蠢貨在我面前大談特談《五反田的樞機卿》這個禁忌話題。」

「……咦？」

她居然記得連我也已經沒印象，在五年前的，那短短幾十秒的對話內容。

……先不管那是否算好事。

「我的作品第一次改編成動畫，卻因為無法親自參與而變成爛到不行的地雷，而你特地翻出連我都從記憶中抹消的作品，挖開傷口……現在回想起來，你這傢伙還真有種！」

「等等、等一下！我很愛那部動畫耶！被原作者認定為地雷超傷人的耶！」

「那時候啊，我覺得對方只是個小孩就沒有說什麼，但一想到老娘紅坂朱音該不會是被人愚弄了，就覺得非常非常不甘心……想著『遲早要給你好看』……」

「我才沒有愚弄妳，我真的是很誇讚那部作品啦！我明明是妳的熱情粉絲，怎麼可能會做那種事情！」

「可是那部動畫，無論由誰來補救都爛得無藥可救不是嗎！你的品味是怎麼搞的啊！」

「相關人士不可以說那種話吧，那樣才叫對自己的作品負責任吧！」

還有說真的，她都讓我參與自己的作品了，不要現在才來懷疑我的品味啦……

※　※　※

From:「安藝　倫也」〈T-AKI@○○○.○○〉

To:「加藤　惠」〈megumi-kato@○○○.○○〉

Subject:只差一點！

所以嘍，讓妳等了這麼久，對不起……

不過，這邊的工作終於要結束了。

下週起，我會回到社團。

……話雖如此，我在各方面，真的在各方面都傷到了大家。

等我回去時，還有誰留在那裡呢？我有點……不，我非常害怕，

事到如今，就算我再次召集社團成員，大家會願意集合嗎？

會不會就只剩我一個，都沒有人要來呢？

※　※　※

然後，在我從醫院踏上回家的路，稍微整理過房間打開電腦時，時間差不多過了六點半。

已經完全可以說是秋天的這個季節，在這個時間，我的房間裡也吹進了挺涼快的風。

然而，我對這股涼意毫不在意，繼續敲著鍵盤，敲個不停。

反正這個房間很快就會被熱氣籠罩。

英梨梨和詩羽學姊預計是在七點鐘，會為了週末的集宿集合。

然後，我們只要朝週末的慶典一擁而入就行了。

替《寰域編年紀XⅢ》製作劇情演出的週末慶典，兼最後慶典。

※　※　※

呃，我也明白這是自己種下的因。

我知道這是不對的事情，也明白自己是明知故犯。

無論大家和妳做了什麼樣的選擇，我都沒有資格失望。我不可以失望。

畢竟，對於大家和妳，我都造成了更大的失望與絕望。

即使如此，我還是夢想著，期待著。

期待大家都聚集到我的房間，熱鬧地一面吵吵嚷嚷，一面做遊戲。

期待妳會像往常一樣，說著「怎麼辦好呢？」回到我的身邊。

所以接下來，我還是會一再抱著期待，向社團的大家搭話。

至少，我希望掙扎到被眾人說「別再聯絡我」為止。

不過，萬一真的被那樣說……

不，即使如此，我還是要做遊戲。

我會獨自一面製作，一面等著大家。

把塞滿了我的夢想與妄想，噁心到極點的美少女遊戲作出來。

跟令人小鹿亂撞到極點的第一女主角。

變得要好到極點，幸福到極點。

我會做出，那種棒到極點的美少女遊戲……

※　※　※

「……唔。」

在參加最後的慶典以前，我執行了平時的儀式（寫郵件），兼最後的儀式。

即使試著重新瀏覽內容，果然還是很噁心，真的很噁。

就算這篇文章也要當作美少女遊戲的劇本，寫手也太融入故事裡了。

不過，因為這是現實中的事，或許也無可奈何吧。

「唔……嗚嗚……！」

倒不如說，更大的問題也許是一面寫這種噁心文章，一面變得有點淚眼汪汪的我。

※　※　※

所以嘍，這也是我最後一次寫這種找藉口……呃，報告的郵件。

換句話說，把郵件兼用於第一女主角——叶巡璃劇本的作法也到此結束。

接下來，又會回到我單純創作的故事內容。
我會把從「轉」到「合」的故事完結給妳看。
鬧不和的巡璃與男主角，究竟能不能和好呢？
他們兩個創造的故事結尾會是什麼？
還有，他們兩個的結局是？

嗯，稍微跟妳透露一下結局。
之後的劇情由我說了算，作者最大。
巡璃會回到男主角的身邊。
他們會再度一起開始創作停擺的故事。
接著，就像「合」這個字一樣，破鏡重合。
有如此無憂無慮的快樂結局等著。

……哎喲，這是賣萌的美少女遊戲，
寫劇情的又是滿腦子只想要快樂結局的我。
要說都在預料之內，這樣的劇情發展確實是不出預料。

即使如此，我還是非常期待，好想趕快寫結局。

巡璃會對男主角拋來什麼挑戰尺度的話呢？

會回以什麼可愛的反應呢？

會做出什麼樣的事情呢……

還有，順帶一提……應該說，這或許才是主題……

惠，妳會拋來什麼樣的話，給我什麼樣的反應，做出……什麼樣的事情呢？

那是我不惜一死也想看到的情境，我對妳就是這麼的——

※　※　※

「～～唔啊！」

※　※　※

……哎喲，這是賣萌的美少女遊戲，

寫劇情的又是滿腦子只想要快樂結局的我。

要說都在預料之內，這樣的劇情發展確實是不出預料。

即使如此，我還是非常期待，好想趕快寫結局。

巡璃會對男主角拋來什麼挑戰尺度的話呢？

會回以什麼可愛的反應呢？

會做出什麼樣的事情呢……

就這樣嘍，敬請期待！

※　※　※

「……唉～～」

將最後一行「稍作修正」，按下送出鍵後，收到郵件的鈴聲微微響起。

音效響起的同時，我以仰臥的姿勢躺到床上，閉起眼睛捂著臉。

手掌碰到的臉，莫名發燙。

心臟的搏動聲，從全身都聽得見。

差點失手寫出來的想法讓我感到焦慮，以及後悔……

然後在最後一刻，把失手的部分刪掉帶來的安心感及後悔，在我的腦中亂竄。

為什麼我會想寫那樣的話？

然而，我怎麼沒有寫出來呢……

「……………奇怪？」

這時候，儘管我心裡仍留有那股鬱鬱寡歡的情緒，不過，我感覺到異樣的動靜……應該說，我覺得有哪裡不對勁，並從床上起身。

看向時鐘，離七點還有十分鐘。

英梨梨或詩羽學姊提早過來……感覺上不是那樣。

只是，該怎麼說呢？好像有什麼地方不合邏輯，於理來說不可能……

「呃～我沒記錯的話……」

為了將那股不對勁的感覺理出頭緒，我試著再次回想自己回房間後的事。

我稍微整理了房間，把買來的零食和飲料擺到桌上，打開工作用的筆記型電腦。

看向時鐘，確認離那兩個人過來的時間還早後，開始做最後一次的日常功課……寫定期報告給惠，兼寫巡璃劇情線的劇本。

之後的心境描述稍作省略，總之我把郵件寫完，在琢磨字句之際，發現有內容出戲的敘述，就急著刪除。

接著，這次在判斷改過的內容ＯＫ以後，我按下送出鍵……

「………………咦？」

在傻眼的聲音從自己體內湧出來的同時，我跳了起來。

環顧過房間，確認沒有任何異常以後，換成注視著房門。

那道開了一點點的門。

「………」

我緩緩走近門，深深感受到自己心裡的疑惑正逐漸轉變成篤定。

沒錯，那就是讓我感覺不對勁的源頭。

我一面在腦海中解謎，一面把手伸向門縫。

因為，我剛才把郵件「送出」了。

可是「收件」的音效，為什麼會在同一個瞬間響起……

「………喂。」

「…………嗯～？」

收到我那封郵件的行動裝置，就在走廊上。

……連同行動裝置的主人。

「呃，我、我說，我我我我說妳喔，惠……」

「啊～你好吵喔。」

「才沒有！不，吵有什麼關係！這裡是我家！」

「呼嗯……」

待在那裡的行動裝置主人……惠坐在走廊上，背靠著牆壁，感覺像在鬧脾氣。

又鬧脾氣，又使性子，還一面皺眉頭，一面盯著智慧型手機的畫面。

「所、所以說，呃……惠？」

「畢竟～對於大家～還有妳～我都造成了更大的失望與絕望～」

「不要唸出來啦！」

而看來在螢幕上，似乎正顯示著我剛才寄出的郵件。

「那、那碼歸那碼……惠，妳怎麼會在這裡呢？」

「我不可以在這裡嗎？」

她不跟我對上目光，依舊坐在走廊，自言自語似的回應。

「不、不會啦，沒有什麼不可以……不過，因為妳來得太突然……」

「太突然不可以嗎？」

「不、不會不會不會！……可是，妳在上樓前至少可以按個門鈴或聯絡一聲……」

「聯絡？對於就那樣自顧自地離開社團的人，為什麼我非得主動聯絡不可？我一點都不懂耶。」

「對不起，您說得是！」

雖然不是沒有被巧妙支開話題的感覺，但是錯完全在我，所以就連吐槽都辦不到。

「就是因為那樣，我只好擅自上來了，然後，我還是覺得由我主動開口不太對，就待在房間外面沒辦法敲門，結果就收到你寄來的郵件……」

「然後，妳就在走廊讀起來了？」

「好離譜的文章喔！你說要用在遊戲劇本裡，是認真的嗎？」

「不要用言語凌遲的方式掩飾害羞好嗎？」

「……我說過了，你好吵。」

我總不能大力稱讚「隱形女主角真是名不虛傳！」，只好默默佩服她的潛入任務執行得有多漂亮。

不對，現在不是靜靜不吭聲的時候……

「總、總之……妳肯來這裡，我好高興。」

「我才不是為了取悅你，別搞錯了喔～」

「不、不過，這是不是就表示，妳願意原諒……」

即使心裡有「假如是這樣，妳未免也太好哄……對我太好了吧？呃，這話由我來說也很奇怪就是了。」這種要命的想法，我也絕對不會說出口。因此，我在她會來這裡的理由中，試著提出最便宜自己的理由。

「那是不可能的喔，我對你只有越來越氣，根本就沒有釋懷，我才沒有被你綁住喔。」

「真的萬分抱歉！」

然而，看來果然是我期待過頭。惠終於面向我這邊，露出她可愛的生氣表情。

「是你寄的這封郵件不好……讓人讀了就火大～」

「呃，我姑且是以讀了會萌的文章為目標……」

接著，惠就照著她說的，毫不掩飾惱火的態度並操作智慧型手機……

「不過，和英梨梨與詩羽學姊製作遊戲……就算現在我們不在同一個社團，我還是沒辦法否認自己很開心。絕對沒辦法。」

「都叫妳別唸出來了……」

而且，這次她甚至翻出了更早的郵件。

「儘管這是偶然，這是奇蹟，我無法說自己不高興。現在我覺得，上天真是惠我良多……對不起，惠。」

「…………」

然而這樣的舉動對我來說，帶來了不少鼻酸的感覺。

「這樣子不算道歉啊……倫也，你為什麼那麼開心？你為什麼在做這種只有你自己會開心的事情？」

「對不起。」

因為，妳能一下子就把我寫的文章找出來……

就表示，妳仔仔細細地讀了我寫的郵件。

「還有……還有喔，之後的更過分了。」

「啊，那一段是……」

「『我越是開心……就越是覺得妳不在身邊，讓我好難過。』…………這是什麼意思？你寫這些是什麼意思呢……？」

「……啊～」

「……你以為、難過的人……是誰呢……？」

而且，她還一面投入自己的感情。

「這些郵件、真的……讓人好煩躁……只有你、在跟英梨梨、和霞之丘學姊……一起舉辦製作遊戲的集宿。」

簡直像我一樣，為了區區的遊戲……不，為了區區的郵件生氣、噘嘴，還差點掉淚。

「你們做的，是我在去年的、最後一刻……參與不到的事情……」

彷彿發自內心感到羨慕的語氣。

「所以……妳才願意過來嗎？」

「你說過，今天開始要忙劇情演出……」

「嗯，最後調整。」

「這不是我們要做的遊戲，而且是規模那麼大的作品，責任又如此重大，而你們打算三個人做這樣的工作……」

「嗯，或許對我來說確實負擔太重，不過，只要像製作『cherry blessing』時一樣……」

「那個時候，最後演出的部分還不是幾乎都由我處理。」

「唔……」

「可是，這次你卻覺得憑自己一人之力就可以解決，為什麼你會冒出那種自滿又不懂看場合與交期的想法，我完全不懂耶……！」

「所以我希望找妳來，希望妳能夠幫忙啊！」

而且，還表露出自己能做得更好的骨氣與自尊心。

「……惠，我就是希望妳能在這裡。」

「我是『blessing software』的人喔，我不屬於馬爾茲，還有那個叫紅坂朱音的人喔！」

「我也一樣啦。」

「我可以做，但我是不應該做這些的人喔！」

「我也……一樣啦。」

「你自己一個人是做不到的。」

「對不起。」

「不過，既然這樣，其實，我們兩個是不是……都不應該和英梨梨，還有霞之丘學姊一起做遊戲呢……」

儘管惠如此積極地增加憤怒的能量……

即使如此，她還是遲遲無法擠出最後一句話。

無法踏出最後一步。

「所以，所以……是不是不應該想著，要再重新舉辦一次一年前的慶典呢……」

因為，惠就是那樣的人。

她不會像我、英梨梨及詩羽學姊一樣，不惜擊潰別人的感情或意見，也要走出自我……

所以，她的路，非得由珍惜她的某個人幫忙開拓才可以。

因此，我跪到惠的眼前，配合她視線的高度，為了跟別過目光的她相視，深深地凝望著她的眼睛，然後細語：

「即使如此……」

「即使如此……能不能，請妳跟我們一起作遊戲呢，惠？」

「咦？」

「啊……！」

儘管那跟我想要對她說的話，完全一樣。

即使如此，但那並不是我的嗓音。

「為了讓我們的遊戲成為最棒的作品，能不能請妳幫忙呢？」

「英梨梨……」

「是啊，我的劇本如果是交給加藤就能放心了。她跟什麼事情都想用萌與可愛解決的倫理同學不一樣。」

「呃，等一下……詩羽學姊。」

現在大概是晚上七點多。

在約好的時間來到，走上樓梯的英梨梨和詩羽學姊用溫柔且略為惆悵的表情，望著坐在走廊，不進房間的惠。

「惠，我跟妳說。」

「唔喔！」

英梨梨把我推開，跪到惠的眼前。

然後這一次，惠讓自己的目光確實地與那雙帶著藍色光澤的雙眼相接。

……當我看她時，她都堅決不看我的說。

「對不起喔……我明明離開了社團，卻又給社團添麻煩……」

「這……不過，錯的是倫也啊。」

「嗯，沒錯，錯的是他。」

「錯的是倫理同學呢。」

「是是是，對不起，都是我的錯。」

「真的，一切都是倫也的錯。」

「身為代表還拋下社團，太差勁了。」

「倫理同學是性○能。」

「妳們不要罵第二輪啦！」

話說，其中一個人連責罵的部分都不一樣。

「但是……對不起。」

英梨梨把自己的額頭，輕輕地靠上惠的額頭。

「不、不會，不會……唔……」

惠迎面接受她的肌膚接觸，但是，眼睛緊緊閉上。

霎時間，有東西，撲簌簌地掉了下來。

面對我的時候她就沒有哭……不，我在電話中惹她哭過，所以算平手。

不過，不提那些了，眼前這一幕，神聖得好似裝滿了女孩們所有燦爛的特質……

非常非常非常強烈地……挑起我心中的創作欲。

因為過去，我曾經絞盡腦汁也寫不出英梨梨（暫定）劇情線的某個橋段……

如今，我正準備要寫巡璃劇情線中描述女生間友情的橋段，而那一幕，就展現於眼前。

「惠，我一直很介意，自己對妳做了不好的事……

我一直很介意，自己從妳身邊搶走了倫……呃，搶走了社團。」

「我也是，其實、我一直很介意。

就如倫也所說，明明妳跟霞之丘學姊陷入了危機……

明明他所做的事情，或許才是真正正確的。」

「不，妳是對的。以常識而言，以情感而言，全都合理。

畢竟，假如妳沒有做出那樣的判斷，我們的決心就白費了。

倫也所做的事情則動搖了我跟霞之丘詩羽的決心，那是狡猾之舉。」

「……英梨梨，妳真的那麼想嗎？」

「嗯，打從心裡。」

「…………」

「……怎樣啦？」

「既然如此，妳為什麼、會那麼開心呢？」

「咦？」

「妳明明在自責，為什麼、會一臉幸福呢？」

「我才沒有一臉開心。妳看，我是苦瓜臉。」

「妳有。妳看，妳在笑呢。」

「我沒有。」

「妳有。」

「我說沒有！」

「就說妳有。」

「…………」

「…………」

「噯，惠，我想跟妳確認一下……」

「什麼事？」

「妳會來這裡……該不會，也包含一絲絲監視的用意？」

「無可奉告。」

「…………」

「…………」

「啊哈……」

「呵呵……」

雖然我聽不出女生之間的那些對話中，所包含的砂糖、辛香料、藥與毒的成分比例……

但是，我可以相信，她們兩個在最後笑著相擁的那一瞬間，所懷有的心情真切到那些調味料都無法掩蓋。

「我們彼此都要做出最棒的遊戲喔，英梨梨。」

「好啊，為此妳要助我們一臂之力喔，惠。」

「嗯……」

「然後，等我們這邊忙完……下次，就換我們幫忙做『blessing software』的遊戲。」

「咦……」

「畢竟，妳想嘛……你們那邊的工作會耽擱，都是我們害的啊，對吧？」

「沒有那回事喔，是倫也自己要……」

「那樣說是沒有錯……不過，鑄下原因的肯定還是我們，對不對？」

「這……」

「無論要測試遊戲、製作說明書，還是跟印刷廠談判，我什麼都可以幫忙。把你們覺得『讓我們幫忙也無妨』的工作交給我們就好了。」

「英梨梨……」

「英梨梨，妳說的……」

聽到英梨梨的提議，我用含著一絲苦澀的嗓音做出反應。

其實，我打從心底對她的提議感到感激。

不過，那是我們在決定成為新的「blessing software」時，就拋下的可能性……

「我非常感謝妳們，不過那樣……」

「嗯，謝謝妳。那就拜託妳們了，英梨梨、霞之丘學姊。」

……我抱著悲壯的決心，正準備擠出潑冷水的話，而惠就爽快地搶先答應了英梨梨的提議。

「妳要拜託她們啊……」

「當然嘍，倫也……」

惠總算與我目光相接。

此時，她對英梨梨流下的淚水，已經一滴也不剩了。

「為了讓我們的遊戲成為神級遊戲，什麼都得做才行，對吧？」

「惠……」

無論是骨氣，還是自尊心，所有一切……

對加藤惠這個女孩來說，全都可以奉獻給社團。

為了我的……為了我們視為目標的，令人小鹿亂撞的最強美少女遊戲。

還有……

除此之外，還為了什麼？

「好，那麼……再次請妳多多指教嘍，惠。」

「要先撐過這個週末對吧，英梨梨？」

「相隔這麼久，讓我們一起努力到天亮吧！」

「說什麼啊，英梨梨，要一直忙到星期日晚上喔。」

「來比吧，看誰先累倒。」

「我不覺得自己比熬夜贏得了妳耶，英梨梨。」

「呵、呵呵……啊哈哈……」

「嗯、嗯……呵呵……」

她們倆平靜地、溫柔地，而且疼惜似的包容著彼此。

「……羨慕嗎，倫理同學？」

「嗯，有一點……不對，相當羨慕。」

狹窄的走廊遭到占據，我和詩羽學姊變得無地容身。

「不過，今天就讓她們這樣嘍，沒辦法。」

「也對呢……」

然而，女生的友情所帶來的擁擠感，絕無不適之處。

我跟詩羽學姊也像她們一樣，平靜而溫柔地看著惠和英梨梨耍甜蜜的模樣……

「所以嘍，我們也來忙我們的……好嗎？」

「咦？奇、奇怪……？」

看來抱著賢者般的心情，佇立在原地的似乎只有我而已……

不知不覺中，詩羽學姊的腳已經伸進我的雙腿之間。

而且，她還用雙手抓住我的兩隻手腕，把我壓上牆邊並牢牢地固定住。

「那、那個～詩羽學姊？」

「我們來盡情做○吧，倫理同學？」

「消音的部分是遊戲對不對？字數弄錯了對不對！」

看來我會覺得「距離怎麼亂接近的……？」似乎不是單純因為走廊狹窄的關係……

「乖乖聽話。不要緊，澤村跟加藤都沒有發現……」

「雖然妳每次都這麼說，可是我一點也不懂哪裡不要緊耶！」

「裝什麼純情啊？我們都不是第一次了吧？」

「妳為什麼每次都要當著別人面前這樣啊！」

當我的身體跟我說的話相反，變得越來越沒有力氣，就快要見識到最幸福時刻的那個瞬間……

「學姊還是老樣子，只會坐收漁翁之利，真的很賊耶～」

「啊哇哇哇哇！這、這是……」

……從樓梯那邊，冒出了兩張新面孔（美智留和出海）。

「噯，出海，妳們為什麼杵在那裡？上面到底出了什麼狀……」

「哥哥你不准看！」

以及一道新嗓音（伊織）。

……由於他們三個都是在接近結尾才首度登場，下一集會好好地做個人物介紹。

「哎呀～小加藤身為女生的直覺果然很準呢～原本以為是要盡心盡力做遊戲，結果一有機會就拚命開後宮～……而且男女皆收。」

「惠，妳果然是那樣想的嗎！」

「咦？咦？呃，我好像沒有說得那麼直接……」

「這次我難得想讓事情圓滿落幕，但妳果然直到最後一刻都不讓人稱心呢，加藤……」

「大家請等一下，我現在要畫素描，請維持那個姿勢不要動～！」

「話說因為連你們都跑來的關係，現在根本動不了啦～！」

嗯，就這樣，我們的「最後慶典」……

在不知不覺中，舊「blessing software」與新「blessing software」合在一起，變成了完整的「blessing software」……

似乎連到年底為止的追加公演，也敲定是由這個群星齊聚的陣容一起演出了。

終章，以及第十三集的序章

「唔哇，天已經全黑了～」

「出海，不要用跑的喔！一旦從這裡的坡道往下衝，就會停不下來。」

「我肚子餓了～！學姊，要不要去哪裡吃飯？」

「吃飯是可以，不過我可不吃咖哩喔。」

「啊～夠了，我想睡得像爛泥一樣～」

「大家掰嘍～！」

星期日，晚上八點。

幾乎長達五十個小時的熱鬧慶典（遊戲製作集宿）終於結束，大家從玄關三三兩兩地逐漸解散。

快步走下坡道的出海與急忙追趕的伊織。

慢悠悠地跟在他們後面的詩羽學姊與美智留。

還有方向跟走往車站的眾人相反，搖搖晃晃地走回坡道上的家的英梨梨。

在這個週末，剩下的劇情演出指示全都完成了。

由紅坂朱音團隊負責的《寰域編年紀ＸⅢ》製作工程，就此真的全部結束了。

提交所有成品後，馬爾茲的前川總監給了一句可以視為抱怨，也可以視為慰勞，包含著種種情緒的「…………各位辛苦了。」切斷跟他的通話後，我們在大聲歡呼的同時，慶祝兩個月後理應會席捲業界的神級遊戲「暫且」完成。

這兩天之間，真的發生了許多事。

多到讓人懷疑是否可以在章與章之間跳過。

不只是畫圖，對任何事都會立刻針鋒相對，大吵特吵的英梨梨與出海。

原本應該是在討論劇本與配樂，但不知道為什麼，總會演變成情色座談的詩羽學姊和美智留。

在女生園地中無處容身的伊織與我，則是在客廳喝茶聊天。

還有……

「……大家都已經回去了？」

「……是啊。」

儘管好幾次都差點被那些騷動波及，卻發揮出強大的隱形性能，繼續默默工作的惠。

看來她的隱形性能在一切都忙完的此刻仍然發揮著效用，到現在才從大家回去以後的玄關冒出來。

呃，那單純是惠的隱形性能所致，還是某人的企圖及用心所致，實際上就不得而知了。

不過，以事實而言，目前在玄關的只有惠和我兩個人……

「那麼，我差不多也該……」

「我送妳到車站。」

「不用。」

「我要送。」

「不管。」

「……感謝。」

一字之差恰好讓我解釋成得到允許（「不管」是OK的意思），我就跟上惠的身邊，與她並肩走下坡道。

理應走在前面的四個人，早就隱沒在夜色當中。

走在沒有任何人，也看不見前方的路上，我們微妙地放慢速度……

來自某人的企圖或用心有沒有生效依舊成謎，我們就那樣慢慢地走。

「結束了呢～」

「根本就沒有。」

「咦～」

「我們的遊戲根本、完全、一點也沒有完成啊。」

「至少今天讓我忘記那件事嘛……」

「你明明已經忘了兩個星期以上。」

「唔～」

沒錯，這兩天之間真的發生了許多事。

然而，對我來說，不只是這兩天。

在這兩個多星期內，真的真的發生太多事了……

「我現在就想讓你看……在這幾天之間，出海跟冰堂同學有多麼努力……」

「伊織也是吧？」

「我也是喔。」

「那我已經算進去了。」

「哼……」

還有，發生過許多事的當然不只我。

代表好幾天不在社團，副代表肯定是拚死命地帶領大家運作，面對戰犯任性的說詞，她俏皮地耍脾氣。

「我還沒有原諒你喔。」

「我不覺得自己已經被原諒了。」

畢竟惠會回來，並不是為了我。

她只是想再一次跟英梨梨，和詩羽學姊合力奮鬥。

她和好的對象也不是我，而是那兩個人。

只是靠女生之間的友情解決問題，而非我的努力。

「既然如此，你是不是應該表現得愧疚一點才合情理呢？」

總之，我們兩個根本還沒有和解。

所以說，這是心理作用。

「是我不好，真的很抱歉……接下來無論是什麼事，我樣樣都肯做。」

「樣樣都做是當然的啊……而且離冬COMI已經不到兩個月了。」

「哎呀～真的不樣樣都做的話，就會趕不上呢～」

「假裝道歉後靠耍寶來逃避，這我不能接受耶。」

「……對不起。」

沒錯，是心理作用。

惠明明這麼生氣。不，正因為在生氣，才會這樣吧？

她居然用力握著我的手，用力到指甲都陷到肉裡面，還不肯放……

「還有，我也不能接受你在道歉時賊笑。」

「呃，那是因為……我很高興嘛，沒辦法。」

「我明明這麼生氣。」

「是啊，妳已經肯對我生氣了……之前（第七集），妳有兩個月都不肯生氣的說。」

「……早知道我就不回來了。」

「這些統統都表示，我有稍微成長了一點吧？妳想，這次我就有確實報告跟聯絡。」

「但是沒有商量就是了。」

「不過，妳也說過不是嗎……『明明倫也所做的事情，或許才是真正正確的』～」

「什麼都不想就盜用別人的台詞，你既沒有創作意願也不夠細膩呢。」

「是的，對不起，是我不好。」

我沒有頂嘴質疑一開始什麼都不想就盜用別人文章又是哪位，只是比惠更用力地回握她的手來回應。

「那麼，這次我會好好地道歉……妳要聽仔細喔。」

「嗯，這次你要誠心誠意，正經地說喔。」

「……我發誓自己會順著良心，對妳毫不隱瞞，也不講假話。」

「……你把自己逼得真緊呢。」

「嗯，畢竟這次絕對不容我撒謊。」

「咦……」

是的，接下來要說的話，不容摻有虛假。

因為，這就是通往唯一一條劇情線的途徑。

經過各種迂迴曲折，拚命找出立旗條件。

然後總算抵達的，最後選項。

「我、我想告訴妳……」

「…………」

從我擅自跑向惠並不期望的「轉」開始。

這次踏上的路，將通往我期望的「結」……

從初次見面時……不對，那時候從見面後已經過了一年吧。
總之，我們認識還不到一個月時，她就很隨和了。
所以只要我稍微強硬點，感覺似乎就行得通。

然而，後來過了一年半，結果什麼都沒有發生。
說不定對男生來說，那樣花太多時間了。

可是，兩個人實際相處一年半以後，我還是覺得——
我們就是需要那麼長的時間、言語和感情上的交流。

相處容易、好哄、棘手又麻煩。
有點讓人搞不懂她在想什麼。
應該說，或許她根本沒有想得多深。
於此同時，不，正因為如此……？
她的行動及言語感覺莫名深奧，又難懂。

若在一年半以前，我不需要這麼大的勇氣。

若在一年半以前，也許……我可以藉意外狀況，或者靠著一股勁蒙混過去。

然而在此刻，我是如此害怕，如此緊張，手都在發抖。

然後，我懷著堅定無比的心意，做出行動……

「惠……我喜歡妳！我喜歡三次元（現實中）的妳！」

「那句『現實中的』不需要吧？」

「…………喂。」

呃，我想我用的詞確實是很糟糕啦。

就算那樣，在這一生只有一次的告白瞬間，她也不必給我那麼加藤（淡定）的反應吧……

後記

大家好，我是丸戸。

《不起眼女主角培育法》第十二集，總算趕上在第二季動畫播映前推出了。（註：此指日版出版時間）

反過來說，我也稍微糾結過這集的這種發展是否適合在動畫第二季播映前推出，感覺故事走向在各方面都已經定下來了，所以希望還沒有讀正篇的讀者可以從這裡回到最前面的頁數。要回到最前面喔，從序章開始讀喔！只回到終章或回到中途是不行的喔！

那麼，這次在劇情展開上牽扯到某種疾病，試著做了虛驚一場的嚴肅演出，不過寫到這樣的題材，我就找了幾位熟人乃至經驗者聽取意見。

實際經歷過這次這種疾病的人士、在宛如高級飯店的某醫院住過的人士，還有與疾病相關的其他經驗談，見人就問的我在最後得知的，大概就是「這個業界的罹患率之高」。多虧如此，找範本可容易了。呼籲各位要定期做健康檢查喔。

還有在一起喝酒時，被我追根究柢地問到：「所以呢？當初病倒時是什麼感覺？」或者「那種痛苦，能不能用好懂一點的方式來形容？」之類問題的各位，或許會懷疑「這傢伙身上流的真的是溫熱的血嗎？」，下次我會請客的，因此對當時的失禮態度還請見諒。

另外，如同起初所提到的，第二季動畫《不起眼女主角培育法♭》即將開播。目前已經開始錄音，和久違的許多人士再次見面，讓我憶起兩年前的氣氛而沉浸於懷念中。

畢竟班底幾乎沒有增加，成員也幾乎都沒有改變，十分容易共事的和樂環境令人慶幸不已，然而現在不是讓人沉浸於安逸的時候。製作所謂的續篇，是既然在一開始就有如此德天獨厚的條件，就非得背負比以往更高的期待。即使銷量要靠製作委員會的努力，為了引出他們的努力，我等也會不容妥協地努力下去。具體來說就是新寫的特典小說、下回預告、宣傳活動的前言、現場配音劇……啊，相對地在光碟公關盤、活動關係人士保留席之類的「心意」方面也麻煩多多關照（卑微）。

接著呢……呃，讀完這一集的讀者或許已經隱約察覺到了（請先讀過正篇喔！），要提到的是下集以後的展望。

說穿了，下集會是ＧＳ３。我希望能以與這集劇情時間點幾乎相同的另一方觀點，深入摸索這次幾乎沒有登場的幾位角色，以及有登場卻輕描淡寫地帶過的幾位角色之行動與心情。這樣一想，倫也真的完全不清楚對自己身邊發生了什麼事耶。這姑且不提，故事內容和正篇依舊貼近到標榜為外傳會讓人過意不去的程度，因此只按照集數編號買書的讀者，真的要在充分留意過故事整合性以後再確認購買的必要性……坦白講我真的很抱歉，可是不讀這一本的話，故事就銜接不上了（禁句）。此外，關於發售時期……我好像可以聽到某個從地獄深淵傳來的低呻聲說著：「當然會在動畫播映期間推出吧～」不過我希望能照自己的步調來努力。呃～畢竟就算稱作外傳，整本書都是新寫的內容啊。

好的，所以說，因為如此……接在ＧＳ３之後，《不起眼女主角培育法》將在第十三集完結。

雖然與主線關係不大的外傳作品，也有可能在各種政治性的判斷之下問世，但是單純以正篇劇情的時序來說，預計第十三集就是最後了。

回想起來已經有接近五年的時間，天天都面對這部作品，為了讓倫也與我的「社團活動」邁向結局，我會開始著手撰寫最後的「合」。

雖然我也覺得有些寂寞，但角色們在將來一樣會活下去（只是我們看不見），希望他們往後也能一直留在各位心中。

……像這樣醞釀出功成身退的氛圍，可以想見的是剩下兩集的執筆步調會比以往更加慘烈，因此我想還是趕快來擬定大綱，別逃避現實了。

所以嘍，來發表謝詞……但這次的篇幅不太夠，總之！深崎先生！剩下兩集嘍！麻煩你了！

那麼，接著讓我們如同預告的，於近期內（大概）在ＧＳ３再會吧！

二〇一七年　冬

丸戶史明

國家圖書館出版品預行編目資料

不起眼女主角培育法 / 丸戸史明作 ; 鄭人彥譯. -- 初版. -- 臺北市 : 臺灣角川, 2018.05-
冊 ; 公分

譯自 : 冴えない彼女の育てかた
ISBN 978-957-564-186-3(第12冊 : 平裝)

861.57 107003776

Kadokawa
Fantastic
Novels

不起眼女主角培育法 12

（原著名：冴えない彼女の育てかた 12）

2018年5月24日　初版第1刷發行
2024年5月27日　初版第10刷發行

作　者：丸戸史明
插　畫：深崎暮人
譯　者：鄭人彥

發行人：台灣角川股份有限公司
總　監：呂慧君
總編輯：蔡佩芬、朱哲成
主　編：林秀儒
設計指導：陳晞叡
美術設計：吳佳昫
印　務：李明修（主任）、張加恩（主任）、張凱棋、潘尚琪

發行所：台灣角川股份有限公司
地　址：104台北市中山區松江路223號3樓
電　話：（02）2515-3000
傳　真：（02）2515-0033
網　址：www.kadokawa.com.tw
劃撥帳戶：台灣角川股份有限公司
劃撥帳號：19487412
法律顧問：有澤法律事務所
製　版：巨茂科技印刷有限公司
ISBN：978-957-564-186-3